U0635259

经 典 照 亮 前 程

NUR
EINE
ROSE
ALS
STÜTZE

Hilde Domin
Ausgewählte Gedichte

只有一朵
玫瑰支撑

希尔德·多敏诗选

[德] 希尔德·多敏　著

黄雪媛　译

华东师范大学出版社
·上海·

图书在版编目（CIP）数据

只有一朵玫瑰支撑：希尔德·多敏诗选 ／（德）希尔德·多敏著 ；黄雪媛译. -- 上海：华东师范大学出版社，2024. --（独角兽文库）. -- ISBN 978-7-5760-5537-5

Ⅰ. I516.25

中国国家版本馆CIP数据核字第2024K6G448号

Originally published as: "Sämtliche Gedichte" by Hilde Domin edited by Nikola Herweg, Melanie Reinhold
Copyright © S. Fischer Verlag GmbH, Frankfurt am Main 2009
Chinese language edition arranged through HERCULES Business & Culture GmbH, Germany.

上海市版权局著作权合同登记 图字：09-2024-0872号

只有一朵玫瑰支撑——希尔德·多敏诗选

著　　者　[德] 希尔德·多敏
译　　者　黄雪媛
责任编辑　梁慧敏
审读编辑　许　静
责任校对　时东明
装帧设计　卢晓红
策　　划　上海七叶树文化发展有限公司

出版发行　华东师范大学出版社
社　　址　上海市中山北路3663号　邮编 200062
网　　址　www.ecnupress.com.cn
电　　话　021-60821666　　行政传真　021-62572105
客服电话　021-62865537
门　　市　（邮购）电话　021-62869887
地　　址　上海市中山北路3663号华东师范大学校内先锋路口
网　　店　http://hdsdcbs.tmall.com

印　刷　者　上海中华印刷有限公司
开　　本　32开
印　　张　8.25
字　　数　180千字
版　　次　2025年3月第1版
印　　次　2025年8月第4次
书　　号　ISBN 978-7-5760-5537-5
定　　价　79.00元

出版人　王　焰

（如发现本版图书有印订质量问题，请寄回本社客服中心调换或电话021-62865537联系）

目　录

v

译者序|回到词语的家园

——德国战后"回归"诗人希尔德·多敏

一

2006年秋，我在德国北方一所大学图书馆偶遇一部名叫《故乡》的德语作家诗文集，一片"移动的风景"闯进我的视野：

移动的风景

> 你本可以离开
> 却像一棵树：
> 扎根于大地，
> 仿佛我们静立，只有风景移动。
> 你必须屏住呼吸，
> 直到风渐渐停息，

直至陌生的空气将我们包围，

直至光与影，

蓝与绿的游戏，

重现旧日情景，

恰似回到家中，

无论身在何处，

我们坐下，彼此依偎，

就像倚靠着

母亲的墓碑。

这首短诗包含了双重的丧失——失去故乡，失去亲人。故国渺邈，追思缠绵，结尾处"母亲的墓碑"却并未给人荒凉孤寂的感觉，它支撑起一具疲惫虚弱的身体，也为灵魂提供了终极归宿：母子之间拥有原始深沉的生命链接，人脱胎于母体，最终也将回到母亲与大地的怀抱。整首诗分泌着细密的痛楚，但流动的光影和蓝绿的色彩缓解了哀恸，读它的人也最终落入安宁的氛围。这便是我与德国犹太裔诗人希尔德·多敏（1909—2006）的"人生初见"。《移动的风景》是多敏最早的诗作之一，也是她的成名作之一。多敏像一个猎手，把我轻轻捕入她的诗语世界。我开始读她的诗作，并探寻她近一个世纪的生涯经历。

我发现，这位被迫流亡二十二年的女诗人兼具鸽子、羚鹿与母狮的特质。晚年的多敏白发苍苍，饱经风霜的脸仍然保留着少女的俏皮和明亮。1988 年，多敏挚爱一生的丈夫欧文·瓦尔特·帕姆（Erwin Walter Palm）去世，在此后十七年独居生活中，多敏依然每天在早餐桌上为自己摆上一朵玫瑰。是什么使多敏在历经沧桑后依然从容优雅，始终保持对生活的爱与信念？多敏在与为她作传的友人伊尔卡·沙伊德根（Ilka Scheidgen）的谈话中给出了答案："那是在科隆，在里尔街。我的父母给予了我信任感，那是一种不可摧毁的原始信任，而我从中汲取了依然坚持下去的力量。"

1909 年，多敏出生在科隆，本名希尔德加德·吕文施泰因（Hildegard Löwenstein）。这个家庭和当年绝大多数中欧有产犹太阶层一样，努力融入德意志主流文化，从思维方式到生活习惯几乎已经和德意志人无甚差别。多敏上德语学校，接受正统的德意志文化教育。父亲是一名律师，严谨而理性，对子女的教育宽严并济。母亲受过专业的声乐训练，性格活泼，喜欢在家中举办音乐沙龙，家里总是宾客盈门，欢声笑语。在多敏的记忆里，拥有十一个房间的科隆老宅是衣食无忧、充满信任的安乐窝。童年和少女时期获得的安全感是多敏一生的精神财富，护佑她战胜成年后遭遇的流离失所和心理危机。关于故乡科隆，多敏只写过一首诗。太多关于家园和故城的记忆埋藏在心底，科隆是她的福地和出发地，也是多年后的黯然神伤之地。

科隆

这座湮没的城市
只为我
独自
湮没。

我沿着街道

泅水

别人在行走

　

那些老房子

已换上崭新的

大玻璃门。

　

死者与我

一起游过

我们老房子的

新大门。

　

　从科隆女子文理高中毕业后，多敏在海德堡、科隆、柏林学习法律，之后攻读国民经济学、社会学和哲学，师从卡尔·雅斯贝尔斯（Karl Jaspers）和卡尔·曼海姆（Karl Mannheim）。1931年，多敏结识了古典考古学与语文学专业的帕姆，随后一起移居意大利，在罗马和佛罗伦萨继续学业。1933年，随着德国境内纳粹的掌权，意大利成了多敏夫妇第一个流亡地。1935年，多敏在佛罗伦萨获得政治学博士学位，1936年与帕姆成婚。婚后的多敏与那个时代许多受过高等教育的女性一样，放弃了自己的学术生涯，充当起丈夫的学术助理和生活管家。多年后，多敏调侃自己是事业高飞的男人的"优秀地勤人员"。在德语之外，多敏也精通英语、意大利语、西班牙语，她能够像"换衣服一样熟练地切换语言"。

1939 年，处于法西斯统治下的意大利已经没有多敏夫妇的容身之地，他们流亡到了英国。随着二战爆发，身为犹太德国人的多敏夫妇在英国的安全也岌岌可危，即使熟练掌握英语，也会因为口音而暴露，从而被怀疑为纳粹德国的间谍。次年 6 月，夫妇俩躲藏在一条蒸汽船的最下面一层船舱里，跨越大西洋，经过六个星期危险重重的旅途，从加拿大到牙买加、古巴，最终落脚于多米尼加共和国——唯一允许他们入境的小岛国。一架小型水上飞机把他们带到了岛上，两个年轻人拎着少得可怜的行李，站在比他们个子还高的一片甘蔗地里。现在，他们已经逃到了世界尽头，终于可以松口气了，按多敏的话来说，从此可抱有"谨慎的希望"。

　　多敏夫妇在首都圣多明各生活了十四年之久，此地说西班牙语，到处生长着香蕉树、椰子树，见不到落叶乔木和针叶林。同一时期，流亡巴黎的策兰在诗中想象故乡切尔诺维茨的栗树林和罂粟花，流亡加利福尼亚的布莱希特在诗中念叨家乡奥格斯堡的李树、冷杉和接骨木，而多敏诗歌的"植物图志"则到处是榆树、苹果树、巴丹杏、橄榄树的身影。

> 我躺在
> 你的臂弯里，亲爱的，
> 像杏仁核躺在杏仁里，
> 告诉我：我们的巴丹杏
> 如今在何处？
>
> ——引自《我们的巴丹杏在何处》

在美洲的岁月里，多敏夫妇的生活还算风平浪静。帕姆不久后就在圣多明各大学得到了一份固定的教职，从事伊比利亚-美洲建筑史的教学和研究。1948 年，多敏也获得了一份在大学里教授德语的工作。夫妇俩结识了一些新朋友，常常与朋友们聚餐和出游，当地人对他们也充满善意。然而，1951 年，母亲在英国去世的消息导致多敏陷入了一场前所未有的精神危机，甚至濒临自杀的边缘。长年的流亡和避难生活并没有压垮她，母亲的死却给了多敏致命的一击，她感觉自己被世界抛弃了，成为一个彻头彻尾的孤儿。突然之间，没有任何准备，把痛苦写下来的欲望从胸中喷薄而出，在人生最黑暗的时刻，写诗拯救了她。多敏形容自己之前的岁月是为第二次生命所做的"准备"。"那个叫多敏的人，是在我开始写诗以后才有的。"于是，诗人希尔德·多敏（Hilde Domin）诞生了。作为双重无根的孤独者，她用岛屿的名字重新命名自己，并这样描绘自己的"第二次出生"：

　　我，H.D.，出奇地年轻。我直到 1951 年才来到这个世界。像每个人一样，哭着来到这个世界。并不是在德国，尽管德语是我的母语。这里说的是西班牙语，房子前的花园里种满了椰子树。确切地说，有十一棵椰子树。都是雄性椰子树，所以没有果实。我出生时，父母都已去世。我的母亲几周前刚去世。我，希尔德·多敏，在位于世界边缘的房子里，睁开哭红的眼睛，那里生长着胡椒、甘蔗和芒果树，但玫瑰却难以生长，苹果、小麦、桦树根本无法生长，我孤苦伶仃，流离失所，我站起身，走向家园，走向词语。

　　与同时代成名较早的保罗·策兰（Paul Celan）、奈莉·萨克斯（Nelly Sachs）、罗莎·奥斯兰德（Rose Ausländer）、玛莎·卡莱珂（Mascha Kaléko）等犹太裔德语诗人不同，多敏42岁才开始写诗，50岁才出版第一部诗集《只有一朵玫瑰支撑》（1959）。

只有一朵玫瑰支撑

我在空中布置一个房间，
在杂技师和群鸟中间：
我的床铺安在感觉的秋千
像风中鸟巢
在最远的梢尖。

我买下一条羊毛毯
它拥有最柔顺的羊毛
月光下的羊群
像闪亮的云朵，飘移在
坚实的大地上。

我闭上眼，把自己裹入
可亲动物的毛皮
我想感受羊蹄下的细沙
倾听夜里的马厩
门闩插上的声响。

但我却躺在羽毛中，
颤悠在高高的虚空。
我头晕目眩，难以入眠。

我的手想要抓住什么，却只找到

一朵玫瑰作为支撑。

多敏在"杂技师和群鸟中间"布置起来的房间悬于高空，与马拉美"诗歌是最偏远的建筑"和策兰的"绝无之境"形成诗学地形上的对照。这是一个构筑在蓝色太平洋岛屿上空的"德语居所"，唯有在此处，她"不可驱逐"，能拥有自由和安宁。多敏在空中抓到的"玫瑰"不再是爱情的象征物，而是一个人在危机处境里仍然抱持的信念，一种向死而生，以写作抵抗死亡的决断。"在一切都被证明为可以失去之后……语言是最后的避难所。"从此，多敏用她纤细的手指在空中搭建词语的"金色之城"和"乌有之乡"。唯有在词语中，故乡的苹果树才能与异乡的芒果树并排而立，羊羔和狼群和平相处，人类之间的游戏才能重新开局，亚伯将重新站起身，该隐重新成为他的好兄弟。

二

我初遇多敏诗歌的 2006 年，也是诗人去世的年份，享年 96 岁，德国各大媒体纷纷发文悼念，德国的两所中学以她的名字重新命名。德国考夫曼出版社（Kaufmann Verlag）同年推出一部《多敏传》，以"依然如故的诗人"（Dichterin des Dennoch）为副标题。德语副词 Dennoch 包含了百折千回后的信念：相信语言的力量，相信生命的奇迹。

不要坠入疲倦

不要坠入疲倦

而是轻轻地

为奇迹

递上你的手

像迎候一只鸟。

　　这首小诗具有的魔力，让僵硬的手掌变得柔软，幽暗的心灵重燃希望的灯火。多敏的诗歌使用简单朴素的语词和短句，几乎不施技巧，却具有一种让人过目难忘的"简洁的完美"。多敏善于化沉重为轻盈，从幽暗里汲取光明。她偏爱那些轻盈优美的意象：玫瑰的花瓣，蝴蝶的翅膀，鸽子的软羽，风中的鸟巢……因为希尔德·多敏，战后德语诗歌的枯冷荒野增添了一种温柔澄明的音色，她的诗歌安抚了那些受迫害、遭驱逐的同族和同道中人，也让家园破碎、身心疲惫的普通人重建信心。她宛如一个深水泅泳者，总是在最后一刻，手举一盏词语的水晶灯，浮出水面，重获呼吸，也让读者重新呼吸；她的词语之灯照亮了自身，也照亮了她周围的人。

我们的枕头潮湿一片

那是纷乱梦境的

泪水。

但是，从我们空荡

而无助的手中

鸽子再一次起飞。

　　　　——引自《勇气歌》

在 20 世纪德语文学史中，希尔德·多敏被归类为"流亡文学代表"。多敏前期的诗作大都与流亡经验相关。流亡是人类状况的极端体验。在流亡生活中，一个人必须不断承受外在的无家可归，还需对抗内心的孤绝处境。在 1969 年发表的文章《流亡经历》里，多敏描述流亡的过程："这是将一个人从其正常生活的背景中剔除，且这一剔除是暴力且非自愿的。"在长篇代表诗作《被击中者》的开篇，多敏描述被连根拔起的断裂感和失效感：

> 被击中者
> 将被清除
> 如同被大型起重机
> 挖出，再倒入一个
> 失效之地
> 那里没有道路
> 从昨天通往明天

> ——引自《被击中者》

美国犹太裔文学批评家乔治·斯坦纳（George Steiner）在他的著作《语言与沉默——论语言、文学与非人道》中拷问自己和同类："在面对非人道的时候，语词是否仍然有活力，犹太希腊传统在语词的权威性基础上形成的道德判断和想象力是否仍然有活力？诗人的诗歌是不是对赤裸喊叫的侮辱？"德国犹太裔哲学家和文化批评家西奥多·阿多诺（Theodor W. Adorno）在《文化批判与社会》一文中提出了那个著名的论断："奥斯维辛之后写诗是野蛮的。"阿多诺认为在奥斯维辛这样的极端暴行发生之后，传统的艺术和文化形式无法再像从前那样表达人类的经验和情感，甚至可能显得不合时宜。从此，写诗是否还有可能，是否还有必要写诗，这是横亘在众多幸存的犹太流亡知识分子和作家诗人心中的难题。保罗·策兰用一首《死亡赋格》（1947 年发表）作出了自己的回应；十年后，策兰在不来梅文学奖授奖词中，如此描述诗人言说的必要性和可能性："在所有丧失的事物中，只有一样东西还可以触及，还可以靠近和把握，那就是语言。但是它必须穿过它自己的无回应，必须穿过可怕的沉默，穿过千百重死亡言辞的黑暗。"多敏在 1966 年写给友人奈莉·萨克斯（德国犹太裔诗人，1966 年诺贝尔文学奖获得者）的公开信中清晰地阐明了语言之于她的意义：

当一个人遭到驱逐和迫害，被排除在一个共同体之外，在绝望中，他抓住了语言，他让语言复活、更新，让这种既属于他，同时又属于迫害者的语言变得生动。在所有流亡者中，因种族仇恨而被迫流亡的人是最为不幸、最被否定的一群。而恰恰在遭遇迫害、被迫流亡，也许甚至被杀害时，他的语言已在为回归做着准备，为了回归到迫害者的生活中心，也就是进入他们的语言。他由此获得了一种不可剥夺的公民权，仿佛他本就可以留守在家中。

1954 年，帕姆得到了德国 DAAD 学术交流中心的邀请，多敏夫妇结束了流亡生活，回到德国故乡。"我在那座种植着巴丹杏树的城市跳上了一列火车。我的父母坐在月台上。我走过他们身边，我们并未交谈。毕竟，他们也没有葬在德国。"1960 年，帕姆得到海德堡大学的稳定教职，第二年，多敏夫妇正式定居海德堡。1971 年，多敏获得梅尔斯堡德罗斯特文学奖（Meersburge

Droste-Preis），多敏的友人、哲学家汉斯·格奥尔格·伽达默尔（Hans-Georg Gadamer）在颁奖典礼的发言中，把多敏明确定义为"回归的诗人"（die Dichterin der Rückkehr），阴性定冠词"die"表明多敏作为回归诗人的专属性和特殊性。伽达默尔指出了多敏回到德国故土这一事实与她诗歌创作之间的结构性关联，并引用多敏本人对于流亡与回归的看法："确实，对我而言，回归比流亡更为重要。"伽达默尔进一步阐释了"回归"超越个体的意义："回归不仅仅包含了一位流亡者勇敢而充满冒险的行动，流亡的命运也不仅仅是丧失与告别、异乡与远方、漂泊与暂居、友谊和爱情等经历的总和……她的诗作在谈论我们所有人。我们所有人都知道或必须学会什么是回归……希尔德·多敏的诗让我们以新的方式理解什么是诗歌。谁若能与她共同认识到回归的意义，就会突然明白，诗总是回归——回归到语言中。"多敏的回归和定居德国使多年前那句"站起身，走向家园，走向词语"终于尘埃落定，词语真正回到了它们的故土家园。

归来

我的脚吃惊地发现
旁边有别的脚在走动
那些脚却无动于衷。

我，赤足前行的我
没有留下痕迹
我总是注意别人的鞋子。

路却和我

羞涩的双足
欢庆着重逢。

在我童年的屋子旁
在二月的天气里，
那棵巴丹杏树开花了。

我曾梦见
杏花绽放。

三

多敏 1967 年发表了诗学论著《今日诗歌何为》（Wozu Lyrik
heute），是战后德国最重要的诗学著作之一。在这篇论战文章
中，多敏为诗歌做了强有力的辩护，扭转了当时指责文学是一种
逃避的局面。受过哲学和政治学系统训练的多敏用生动明晰的语
言重新诠释了诗歌的作用和必要性。诗歌对她而言是"有意识的
暂停"之地，是"自由的瞬间"，也是一个重生之地，它使个体
得以从"孤独的群体"中重新浮现，重新体验到作为自由个体的
自我。在多敏诸多细腻动人的情诗中，人称代词"你""我"和
"我们"将其他人排除在私密的情感空间之外。回归德国之后的
多敏变得更强大，更能同情他人的痛苦，她关注不幸的人和遭遇
不公的人，"你""我""我们"变成了一个包容所有人的称呼，摆
脱了私人叙事的狭窄和感伤。事实上，多敏从未失去直面事物、直言
不讳的政治勇气，即便她的言说有时显得并"不合时宜"。她诗
歌中的"我"和"我们"寻求被看见，被聆听。

自由，你这个词
我要把你磨糙
我要用玻璃碎渣把你填充
让人说起你，舌头就变得沉重
让你不再是任人嬉戏的球

——引自《我要你》

多敏没有因侥幸逃脱纳粹追捕和大屠杀而麻木遗忘，自我开脱。1954年，当她结束漫长的流亡，从美洲回到德国，她说："我以呼喊者的身份回归……我是一个彻头彻尾的政治人。"她的诗歌书写乡愁与爱情，也绝不回避苦难和不公，她坚持用细微而清晰的 vox clamas（拉丁语，"呼号之声"或"呼喊之声"）呼唤人性的良善和勇气，呼唤那些"可被唤醒者"。

这就是我们的自由
能说出正确的名字
没有畏惧
用小小的声音

彼此呼唤
用小小的声音
说出吞噬的兽
仅用我们的呼吸

——引自《救救我们》

如果说，多敏第一部诗集《只有一朵玫瑰支撑》的题辞具有超验主义的气息："我的脚踏入半空，于是，空气承载"，那么在出版第三部诗集《此地》（1964 年）之际，她已经牢牢站在了故国大地上，该诗集的题辞引用了 15 世纪意大利哲学家和人文主义学者皮科·德拉·米兰多拉（Pico della Mirandola）的一句话："仰头挺胸是人的标志。"同时，多敏不隐瞒创伤，不故作坚强，她的脆弱敏感与勇敢坚韧是一体两面，她从未试图掩盖其中一面。

语言学

你必须和果树谈谈。

创造一门新的语言，
樱花的语言，
苹果花的语言，
粉红的，白色的话语，
随风而逝。

去向果树倾诉
若你遭遇不公。

学会沉默
在粉红的，洁白的语言中。

《语言学》这首诗第一小节只有一个诗句："你必须和果树

谈谈", 祈使句昭示了行动的决心, 显然具有语言学家 J. L.奥斯汀(John Langshaw Austin)所指称的"施行话语"(performative speech)的特征——一种既召唤行动又能构成行动的语言, 也是爱默生在《论诗人》中所说的: "语言也是行动。"第二小节关乎"怎么谈", 为此需要创造"一门新的语言"。果树与花朵的话语之所以值得信任, 是因为它们不受意识形态操控和污染, 存在于人的意志和暴力之外, 这门"语言学"有其庞大细密的词汇, 按照精密有序的语法规则永恒运转着, 涌动着无穷的力量和新意。人需要聆听和学习大自然的"语言学", 来矫正自身既傲慢又脆弱的语言系统。第三小节把"必须谈谈"柔化为"倾诉"的姿态, 当一个人或者一个群体遭遇重大创伤后, 寻求自我疗愈的途径之一便是"倾诉", 而多敏指明的倾诉对象既不是法庭, 也不是同类, 而是"果树"。超出人类想象和承受极限的"不公"无法再依赖人类的语言得以消化, 只能转而寻求自然生物带来的慰藉。诗歌最后一节包含了沉默与言说的辩证法, 沉默阻断了人类语言的喧嚣, 同时又催发大自然的语言魔力。

法国诗人瓦莱里(Paul Valéry)在《年轻的命运女神》中提到: "沉默是诗歌的奇特来源"; 德国诗歌评论家胡戈·弗里德里希(Hugo Friedrich)在其经典诗论著作《诗歌的结构》中详述了沉默对于诗歌的意义: 诗歌是"一种言说中的沉默"(Schweigen im Sprechen)。在另一首短诗《更美的》中, 多敏用一句"更美的, 是那些我不会去写的诗"带领我们返回沉默之地。在那里, 人的语言又一次失去了效用。我们必须屏息静气, 才能感受和幸福相关的图像和声音。"无言之言"最接近诗:

更美的

更美的，是关于幸福的诗。

好比花朵
比催她开放的花茎更美，
更美的
是关于幸福的诗。

好比鸟儿比鸟卵更美
好比灯亮的时候很美
更美的是幸福。

更美的，
是那些我不会去写的诗。

　　当我读到这首诗，内心被平静的喜悦缓缓浸没。寻常事物被一个灵巧之人的手重新安排，在出其不意的比较与柔和的循环中，展现出事物"更美的"面目和姿态，这美就像水波和烛光一样荡漾开来，发出意味深长的低吟。我能感受到它的内部宽广而深刻的时间经验和生命体验，而在诗歌的表层，诗人专注于描绘更美的具体事物：花朵，灯光，鸟儿。而"幸福"不可描述，它如同一头警惕的小鹿，极难被捕捉；"更美的"是那些不会写下的诗，总是超过写下的那些。语言既强大也无力，在它的可能性边界之外，是一片活跃的沉默；诗歌把词语展现到极致，同时藏匿或遮蔽了另一些词语。在 1964 年出版的诗集《此地》的卷首，多敏用一首短诗定义了她心中的抒情诗："非词"隐藏在词语的缝隙里，拉伸在"词与词之间"：

诗

非词

拉伸在
词与词

之间

　　"非词"（Nichtwort）是多敏的发明，这个妙不可言的说法呼应了德国文学理论家沃尔夫冈·伊瑟尔（Wolfgang Iser）所主张的文本"空白"（Leerstelle）和"召唤结构"（Appellstruktur），也和法国哲学家朱利安（François Jullien）的"居间美学"（l'esthétique de l'entre）呼应，它让我联想到中国古典美学的"留白"，以及鲁迅那句"从字缝里看出字来"。多敏的诗学观念与中国古典诗学和中式审美心理确有共通之处：在意的是"点到为止"的灵犀，"欲说还休"的克制。多敏使用"非特定的精确性"（unspezifische Genauigkeit）这一概念进一步表明她的诗学立场，这种精确性"存在于省略和节制的艺术之中，它使词语未完成和未被照亮的一面得以共鸣。一首诗由此获得了感染力"。

四

　　多敏的后半生诗才绵延不绝，风景变幻。第一部诗集《只有一朵玫瑰支撑》之后，她又陆续出版了《归船》（1962）、《此地》（1964）、《洞穴画像》（1968）、《我要你》（1970）、《树依然会开花》（1999）五部诗集。除诗歌外，多敏还著有一部长篇《第二个天堂》、多部散文集以及文艺评论。多敏在后半生取得了令人瞩目的文学成就，获得了海涅文学奖、里尔克文学奖、奈莉·萨克斯文学奖和梅尔斯堡德罗斯特文学奖等重要文学奖项；1987年至1988年间，多敏成为著名的"法兰克福诗学讲座"的主讲人，以"诗歌作为自由的瞬间"为题举办了系列讲座；晚年的多敏被授予海德堡市荣誉市民称号，遥远的多米尼加共和国为多敏颁发了杰出成就勋章。

艺术久长

呼吸
在鸟喉间
呼吸
在树枝间。

词
如同风
神圣的呼吸
出发又回归。

呼吸总能找到
树枝
云朵

鸟喉。

词
神圣的词
总能找到嘴唇。

这首诗的标题出自古希腊医学家希波克拉底的著名箴言："艺术久长，生命短暂。"（Ars longa，Vita Brevis）"神圣的呼吸"意味着对日常的超越，也是生命与外部交换能量的途径。直至去世前的最后几年，多敏仍活跃在德国各个城市的作品朗诵会上，她把诗歌诵读会看作是生命活力的源泉，也是诗人的公众使命。多敏把一首诗比喻为一个凝冻的瞬间，每个读者都可以按照自己的意愿让它流动起来，带它进入此处和当下。多敏的嗓音明亮、清晰而坚定。"朗诵使我走向可呼唤的人，每一首诗都蕴藏着呼唤。"她朗读时有一个习惯，每首诗都会读两遍，听众通过第二次倾听，拥有更多时间领悟诗句背后不易显现的意义。迄今为止，多敏的诗作已被译为二十多种语言，她神奇地把不同文化背景和教育背景、不同年龄层次和社会阶层的读者连结在一起。人们喜爱多敏的诗，也许恰恰是因为她简单干净的词语散发着"人的气息"。在一首题为《阅读巴勃罗·聂鲁达》的短诗中，多敏写道：

你简单的词
你纯粹的词
就像我
简单的词
散发着人类的气息。

遗憾的是，多敏这位广受德国读者尊敬和喜爱的女诗人却未曾在中文世界里得到系统译介。我冥冥中感觉到命运的昭示：也许，我可以尝试把多敏的声音传递给汉语世界。第一次译介是2009年，我试译了十一首，做了一个小小的"多敏"专辑，发表在同年的《外国文艺》第五期；之后我通过"豆瓣"日记增添了少许译作；微信公众号时代来临后，我为"读首诗再睡觉"公众号译介了三首多敏的诗：《语言学》《更美的》和《在月亮的另一面》，分别于2015年、2021年和2024年飞落在千万名读者的枕畔，得到众多读者的反馈，这也增加了我的信心。这个夏天，我终于完成了多敏诗选的翻译，我才可以说，我懂得了多敏，我住进了多敏诗语的花萼，捧起她滚颤透明的泪珠；我跋涉至"月亮的另一面"，拥抱她"真实的日子"，这真是一种奇妙的缘分。

在月亮的另一面

在月亮的另一面
走动着
你真实的日子
裹着金色的衣裳
安居于皎皎之地
像曾经的你
被驱离此地
从此长流离
它们流浪到了

月亮的另一面
你知道，它们属于你。

而你收到了
一个又一个早晨
皆是它们的替身：
比每一个陌生国度
还要陌生
你知道
你的日子
漫游在皎皎之地
一天接着一天
从你身旁走过
只走动在
月亮的另一面。

　　什么是"真实的日子"？在真实的日子里，一个人能听见时辰在心房嘀嗒作响；双脚行走于道路，能感受到被大地承托；能听见鸟的鸣啼，会驻足观看河水的涟漪；能安然躲进睡眠的果壳，如同婴儿蜷缩于母亲的怀抱。真实的日子，是世界向一个人敞开的日子，心的宫殿也以信任的姿态敞开道道大门。而对于希尔德·多敏和当年的犹太裔流亡群体而言，真实的日子意味着与欧洲故乡紧密相连的岁月，是拥有书籍、面包和玫瑰的日子，是被杯盘碗碟和亲朋好友环绕的日子，是拥有尊严和自由的日子。多敏曾写下誓言，"和语言手牵手，直至尽头"。在我看来，多敏做到了知行合一，把自己活成了一首恒久之诗。她轻盈的诗行总是带着分量，做到了词语之轻与生命之重的平衡。美国当代女诗人、散文家和诗歌评论家简·赫斯菲尔德（Jane Hirshfield）在其诗论著作《十扇窗——伟大的诗歌如何改变世界》中提到诗歌的作用："诗歌无须扭转悲伤，也无须推翻和重铸历史；诗歌只需去感动和改变。"在这个意义上，我想，多敏已经在最大程度上实现了诗人的道德使命。在《我何其无用》这首诗的最后两节，诗人谦逊地肯定了自己的存在价值：

> 我行过——
> 但也许我留下了自己
> 细小的声音，
> 留下了我的笑和我的泪
> 还有一小张纸上
> 黄昏树的问候。
>
> 在经过的那一刻，
> 我无意间
> 点亮了路边
> 一盏或两盏
> 心的灯火。
>
> ——引自《我何其无用》

多敏用自己的生命勇气和热情点亮的"心的灯火"何止一盏两盏，她也点亮了我这个异国读者内心深处的温柔之灯。2024年夏天，我完成了多敏诗选的翻译，托付给母校出版社——华东师范大学出版社。从此，多敏将拥有一个汉语的居所。"请为我造一座房屋"，多敏曾在一首诗中请求，我想，我以我的方式响应了她的召唤，这使我感到欣慰。

黄雪媛
2024 年初秋，于上海清水湾

第一辑

只有一朵玫瑰支撑

NUR EINE ROSE ALS STÜTZE

移动的风景
ZIEHENDE LANDSCHAFT

你本可以离开

却像一棵树：

扎根于大地，

仿佛我们静立，只有风景移动。

你必须屏住呼吸，

直到风渐渐停息，

直至陌生的空气将我们包围，

直至光与影，

蓝与绿的游戏，

重现旧日情景，

恰似回到家中，

无论身在何处，

我们坐下，彼此依偎，

就像倚靠着

母亲的墓碑。

（选自《只有一朵玫瑰支撑》[①]，1959）

---

① 第一辑包括《移动的风景》在内的二十五首诗，均选自多敏第一部诗集《只有一朵玫瑰支撑》（*NUR EINE ROSE ALS STÜTZE*），法兰克福菲舍尔出版社（S. Fischer Verlag）1959 年第一版。这些诗作创作于 1953 至 1958 年间。

苹果树和橄榄树
APFELBAUM UND OLIVE

是一种安慰，假如你了解

客居的房子，

杯子和餐盘的位置，

你还可以分享

朋友的猫和狗

片刻的温存，

你知道那辆自行车暗藏机关，

像是你自己的坐骑，

当你背上那只泛白的包

骑去陌生的村庄，

半路上洒翻了牛奶，

就像多年前

把旧牛奶罐的盖子

丢失在同一条路上。

你穿过花园的门，

转身把门掩上，

屋前的长椅

仿佛为你而设，

你看着门外人来人往。

你，

流浪者，

一天又一天，
从一个国度到另一个国度，
萍踪无定
已成为你的日常。
你，每一道墙都将你
放弃，
你像孩子找寻一个马戏团
移动的洞窟。

但苹果树和橄榄树
无论在哪里，都属于你，
在遥远的国度，
总有人为你，
搬来一把餐椅
让你坐在主妇身旁，
当大碗已空，
每个人都会从自己盘中
分给你一勺，
仿佛你只是迟到的孩子，
并非从机场赶来的异乡客。
幽暗的芒果树
还有栗子树
在你心中

紧挨着生长。

你知道所有南方海洋
岛屿的边缘
总有高高的野草簌簌作响，
长满仙人掌的道路尘土飞扬，
你穿过泡沫般的草地，
谙熟它们彩色的日历。
你和风游戏
吹散蒲公英的浅色小球，
看那小白伞随风飘浮
——如此轻盈，毫不抵抗
就像你自己。
总有地方
允许降落。

你沿着街道骑去
像驾着一辆雪橇，
掠过白杨树林
驶进夕阳深处。
林子里跑出一头鹿，
山坡上
孤独的小教堂
向你招手示意。

你掂量它的问候

像在斟酌一份邀请，

也许有一天

——不知何日

你会欣然接受。

于是你发现

你在此地

比别处

多了一点

家的感受。

（选自《只有一朵玫瑰支撑》，1959）

秋水仙
HERBSTZEITLOSEN

我们这些人，家园的门柱已烧毁，
门柱上刻着
一厘米又一厘米
童年的时光。

我们不再给花园
种上一棵树，
为了把椅子
放到逐年扩展的树荫下。

我们沿山丘而坐，
仿佛一群牧羊人
云朵的羊群穿过
榆树林上空的蓝草地。

我们这些人，始终在路上
一场终生的漂泊，
如同在行星间漂游
总是重新出发。

秋水仙为我们

款款起身

在夏日褐色的草地上

森林用黑莓和蔷薇果

充盈自身——

为了让我们在镜中看见

并且学习

如何阅读自己的脸，

一个目的地在脸上

缓缓出现。

（选自《只有一朵玫瑰支撑》，1959）

平衡
GLEICHGEWICHT

我们
各自走在
一条窄路上
脚下是死者的头颅
——几乎不再恐惧
踩着心的节律,
只要爱
不会消逝
我们就像受到庇佑。

我们就这样走在
蝴蝶与飞鸟之间
保持着惊人的平衡
走向一个树冠摇曳的清晨
——绿色,金色和蓝色——
迎向一双苏醒的
可爱眼睛。

(选自《只有一朵玫瑰支撑》,1959)

退却
RÜCKZUG

我的右手（谁会相信如今的它？）

曾是一朵盛开的玫瑰

引来蝴蝶纷飞。

突然，猝不及防

像一个人被猛推而跌倒

右手失去了花瓣

变得苍白而赤裸：

一只人类的手

和所有手一样。

你一定记得它。

我左手的那只碗，

曾给你的鸟儿喂水，

早已碎裂。

你知道，那些碎片

在我们花园里躺了多久。

是的，那时我能变成一面

开花的葡萄墙

迎接你的蜜蜂。

那时季节

无关紧要——

在某一天来临之前，

那天，我将我的双手
放到桌上，
手掌空空荡荡。

自那以后我变得谦卑，
我带着一张网去市场，
称重和切割的地方，
我为你买了杯子和盘子
像一个真正的主妇。

但是当你哭泣
在睡梦中
无助地哀叹，
我的心会长出
小小的、疼痛的翅膀，
我感觉它的烦躁
在我的喉咙里扑棱，
夺走了我的呼吸。

（选自《只有一朵玫瑰支撑》，1959）

我们的巴丹杏在何处
——献给E. [①]

WO STEHT UNSER MANDELBAUM

Für E.

我躺在

你的臂弯里，亲爱的，

像杏仁核躺在杏仁里，

告诉我：我们的巴丹杏

如今在何处？

我躺在你的臂弯，

像躺在船腹，

没有航线，没有港口，

却有海豚在船头出没。

我们身下

是一串床铺

我们的床铺躺在许多国度，

陌生的房间降落

在黑夜的无名处。

---

① E.，即欧文·瓦尔特·帕姆（Erwin Walter Palm，1910—1988），希尔德·多敏的丈夫。帕姆出生于法兰克福一个犹太家庭，是一名考古学家和历史学家，也是帕姆家族中唯一逃过纳粹迫害的幸存者。

无论去过哪里

无论将去何方，亲爱的，

一切都不同，

一切又相同。

任何地方，干草

都以不同的方式堆放

为了晒干

在同一个

太阳下。

（选自《只有一朵玫瑰支撑》，1959）

启航，身无负重
AUFBRUCH OHNE GEWICHT

白色窗帘，闪亮的帆
哈德逊河畔，
酒店第十层，
在我窗前的阳光下
鼓胀，海风里猎猎作响。

许诺，出发
向着家的方向，
奔赴一场与自己的约会。
启航，身无负重
当心灵已将肉体燃烧。

帆，海鸥般轻盈
驶过开阔的蓝。
房间已在路上。
大海已划好界限
像一片田野。

（选自《只有一朵玫瑰支撑》，1959）

1939

请为我造一所房屋
BAU MIR EIN HAUS

一、

风来了。

风梳理花朵，
把花朵变成蝴蝶，
让鸽子从旧纸堆起飞，
从曼哈顿的深谷朝着天空
飞到第十一层，
风把摩天大楼屋顶的候鸟群
撕成碎片。

风来了，咸咸的风，
把我们赶过海洋，
像扔海蜇一样
把我们扔到岸上，
等着再次被冲向大海。
风来了。
抓牢我。

二、

哦，我这沙做的浅亮身体

依照永恒的图像
只用沙子塑形
风来了
带来一根手指
水来了
在我身上划出沟纹。
但这风
释放了我的心
——肋骨下鸣叫的红鸟——
风用硝土烧灼
我的心膜。
啊，我这沙做的身体
抓住我，
抓牢我
沙的身体。

三、

让我们向陆地行进，
向着野草的扎根之地。
我想要一片坚实的土地，
绿色的地下根须相连，
像一片高山草原。
砍下树木，

搬来石头

为我造一所房屋。

一座小小的房屋

有一面白色墙壁

迎接落日

有一口井，

供月亮照影，

月亮就不会

迷失方向

如同在汪洋大海里。

屋旁种着一棵苹果树

或一棵橄榄树

风经过这座房屋，

像一个猎人，但他的猎物

不再是

我们。

（选自《只有一朵玫瑰支撑》，1959）

我何其无用
WIE WENIG NÜTZE ICH BIN

我何其无用，
抬起手指
却无法在空中画出
最细小的一笔。

时间模糊了我的容颜，
时间已开始行动。
在我风尘仆仆的步履后，
雨水在冲刷街道，
像一个家庭主妇。

我曾来过此地。
我行过
不留一丝痕迹。
路边的榆树
向我颔首致意，
绿色蓝色金色的问候，
没等我离开，
却已将我忘记。

我行过——

但也许我留下了自己
细小的声音，
留下了我的笑和我的泪
还有一小张纸上
黄昏树的问候。

在经过的那一刻，
我无意间
点亮了路边
一盏或两盏
心的灯火。

（选自《只有一朵玫瑰支撑》，1959）

谨慎的希望
VORSICHTIGE HOFFNUNG

洁白的鸽子
在蓝色的
焚毁的窗洞里
战争是为你们而打吗？

白色的鸽线
穿过空荡的窗户
飞越了纬度。

我们放在墓碑前的玫瑰花
被你们不经意衔走。
在泪水浸透的岩石上
你们筑起小小的巢穴。

鸽子呵，
我们在建造新的房屋，
起重机高耸巨喙
越过我们的城市上空，
铁制的鹳鸟，为人类筑巢。
我们用混凝土
筑起墙壁

你们粉红色的脚爪
无法再在上面驻足。
我们清理废墟
忘记了最后的时刻
在钟表死亡的眼眸中。
鸽子呵，我们在为你们筑造：
你们将在光滑的墙上筑巢，
你们将穿越我们的窗户
飞向蓝天。

也许会有几个孩子
——这已然不少，
会在你们的下方
在我们新房的废墟中
在那些高耸的起重机
日夜搭建的屋子里
捉起迷藏。

而这已然不少。

（选自《只有一朵玫瑰支撑》，1959）

告别安达卢西亚[①]
ABSCHIED AUS ANDALUSIEN

金雀花挂满银色的荚果，

薰衣草的花朵纷纷掉落，

农夫们骑着小毛驴，缓缓爬坡，

走回他们的白色村落。

母山羊拖着沉重的乳房，

被领回了农庄。

有一块石头，

一块灰色的石头，

静静躺在田野的山丘上。

"亲爱的石头啊，"我对它说

"请接纳我，

就像你是灶前的小板凳，

旁边有一壶牛奶作伴。

我愿与你相依相伴。

我想要解开行囊，

就像孩童

倒空他的书包，

将他的弹珠

---

① 安达卢西亚（Andalusia），西班牙最南端的一个自治区，以其摩尔人建筑、弗拉门戈舞蹈、美丽的白色村庄而著称。

和一只压扁的甲虫
撒落地面，
我愿将我的所有围绕你铺展。"

我所拥有的，
如此繁多的无用之物，
躺在田野，
在夕阳下
投出长长的影子。
远处小路边，
三朵火红的罂粟花
在一棵橄榄树旁燃烧。

我将头颅
轻轻靠在打字机的键盘上，
仰望着天空，
燕子们忙碌地穿梭，
像织女手中的梭子，
为我织就一方
透明的屋顶，
缕缕淡蓝的虚线织就
笼在我的头顶。

但是，当夜幕落下
伴随阵阵蛙鸣
山谷中的无花果树
早已在绿色麦田里沉醉
石头给了我
一朵娇小的黄色雏菊
那是家门的钥匙。

我用它打开一座山丘，
海边许多尖顶山丘中
离我最近的那一座，
我走进它的怀抱，
从此拥有了一个家，
它就在花朵的
根须下。

（选自《只有一朵玫瑰支撑》，1959）

炉中盘
SCHALE IM OFEN

炉中盘，

你被烧灼。

被泪水刻蚀，

釉色来自谦卑

覆盖了微笑

羞涩的微光。

你每天都在经受

点滴的伤害，

直到愿望与哀叹熔化，

直到一片玫瑰花瓣

或一只蝴蝶翅膀

变得粗糙。

你，被遗忘的盘子，

在举起你的那只手中，

一道彩虹飞落，如此自然，

就像鸽子起飞

在特拉法加广场①

（选自《只有一朵玫瑰支撑》，1959）

---

① 特拉法加广场（Trafalgar Square），位于英国伦敦市中心，是伦敦的著名地标之一，鸽群是该广场的景观之一。

残酷的竞逐
MAKABRER WETTLAUF

你说起船只失火，

——而我的船已化作灰烬，

你期待锚灯①亮起

——而我已沉入海底，

你憧憬新大陆的家园

——而我已长眠于

异乡的土地，

一棵名字怪异的树，

一棵像所有树的树，

从我身上长出，

像长自所有逝者的身体，

无关乎何处。

（选自《只有一朵玫瑰支撑》，1959）

---

① 锚灯，也称为停泊灯，通常是一盏白色灯，安装在船的桅杆或最高点，以确保在夜间或能见度不佳的情况下，其他船只能够清楚地看到它。

被击中者
WEN ES TRIFFT

一、

被击中者

将被清除

如同被大型起重机

挖出，再倒入一个

失效之地

那里没有道路

从昨天通往明天

地面是热烙铁

像舞蹈熊训练场[①]

或冷滑的铁轨

纽扣、首饰和色彩

连同所有故事

像被一把扫帚

从衣服上统统扫除

直到他身旁

---

① 跳舞熊是被训练表演类似舞蹈动作的熊，自中世纪起由吉卜赛人引入欧洲。这些熊在幼年时被偷捕，通常被拔去部分牙齿及爪子。在它们约八个月大时，训练者会以烧热的铁棒穿过熊口鼻部的皮肤与软骨，再穿进铁链或绳索，以方便控制。许多熊在经过残酷的训练后会表现出心理创伤症状。20 世纪晚期跳舞熊被各国法律禁止。

一个嘉布遣会修士[①]

变成天堂鸟。

他被剥去衣物

拉去废品市场展示

充满敌意的手

叩击他的臀部。

他像置身于缓慢的时间厨房

被高压泪水烹煮

直到骨头上的肉变软

再压入最细的苦筛

不会遗漏一点一滴

无情的滤布将他过滤

直到最后一粒自尊

也被留在了上面

他就这样被筛选

受尽惩罚

必须吃尽

所有欺骗的公路上

从所有失望者的鞋跟

掉落的尘土

眼下已是秋天

[①] 嘉布遣会是天主教方济各会的一个分支，其成员遵循严格的修会规则，以简朴、清贫和苦修为特点。修士们身着带有尖顶风帽的会服，这也是他们被称为"嘉布遣"（Kapuziner）的原因，Kapuziner源自意大利语"cappuccio"，意为"风帽"。

他的血液还须
滋养巨大的葡萄藤
并扛住霜冻的严酷。

但有时
如果运气不错，
并非因为什么
明确的功绩
就像他并未犯下什么
明确的罪过
只是因为恰逢其时
他会被一股未知的
全能的力量赦免
只要还有那么点时间。
他会被重新发现
如同一片失踪的大陆
或一个十字架
曝露在轰炸后
的地窖中。
仿佛有人扳动了道岔：
他的无依之地
被连接到一片
旧日风景

（一个有路的地方），
就像把一节车厢
从废弃的铁轨
推回火车尾部。
在自由村庄的
彩虹大门下
一个温柔的昨日
认出了他
向他张开双臂
在一个日历可以确定的日子里
在一个拥有未来的日子里。

七条命的猫，
蜥蜴或者海星，
失去的肢体
会重新长出
还有断肢的虫子
它们不会像人一样坚韧
当他被置于爱
和希望的阳光下。
带着身上的烙印和伤疤
他的恐惧在逐渐消退
他掉光叶子的
快乐树

长出了新芽，

信任的树皮

也在慢慢生长。

他习惯了镜中

耕犁过的新形象，

他给皮肤重新上油

给自己这副好奇的瘦骨架

添上一层新的脂肪

直到他在所有人眼中

都不再陌生

不知不觉，

也许在一个节日

或一个生日，

他不再只是坐在

指定椅子的边缘，

仿佛随时要逃

或是椅子腿

已被虫蛀掉

他和他的同伴

一起坐在桌旁

坐在了自己家中

他几乎感受到了

安全的滋味

欣然接受

众人的礼物

他爱那些借来之物

超过自己的拥有，

每一天

对他而言

都是一个惊喜的此在，

如此明亮而轻松

有着明确的限定

像一只滑翔的鸟

张开的双翼间

那段距离，

骤然出现在蓝天下

不可阻挡。

一场考试

恐怖的休息时间来临

如同一道深渊

降落在岛屿间。

边界上

所有闸门

再次向光明打开

像手术后的梦中景象。

但自我的质地

变得如此不同
像一块高炉淬炼的金属。
或者仿佛从第十层
或第二十层
——差异微小——
冒险跳下
没有保护网
双脚落在
时代广场的中央
在红灯亮起前
侥幸逃脱汽车疯狂的喇叭。
但一种轻盈
留在了
他身上
如同鸟的轻盈。

二、

而你是那个
在每条街上
都会遇见他的人，
你是那个和他一起
掰碎面包的人，

你弯下腰，轻轻抚摸
地上柔嫩的青苔
小心不使它断折
或者轻抚一只小动物，
使它无需因你的手
害怕得发抖。
当你把一只呵护的手
放在孩子的头顶，
或者让手被爱人
温柔的唇亲吻，
或者牵着手
像走在一架起重机下
或下午阳光的流金里，
让手变得透明
让它完全不适合
参与建造
铁丝网地狱，
无论是公共的
还是私密的，
当恐慌分发它那
可怕的武器，
你的手永远不会呼叫
"在这里"
也永远不会拿起那根

穿过另一种形式

像穿过泡沫而来的

巨大的铁鞭。

你永远不会让这只手

在任何一个夜晚

像猎犬一样回到家

带着一只野鸡

或者一只野兔

作为本能的猎物

当着你的面，把

它（你）的皮

扔到桌上。

这样就能

在最后一天

你眼前这只

卧在床单上的手，

像一朵苍白的花

如此黯淡

不那么轻盈

也不那么纯净，

而是一只人类的手

它曾被弄脏

然后被洗净

又再次被弄脏，
你向它表示感谢
并说：
再见了，
我的手。
你并非是
毁坏的工具。
你是一个有爱的
部位，长在
我和世界之间。

（选自《只有一朵玫瑰支撑》，1959）

只有一朵玫瑰支撑
NUR EINE ROSE ALS STÜTZE

我在空中布置一个房间，
在杂技师和群鸟中间：
我的床铺安在感觉的秋千
像风中鸟巢
在最远的梢尖。

我买下一条羊毛毯
它拥有最柔顺的羊毛
月光下的羊群
像闪亮的云朵，飘移在
坚实的大地上。

我闭上眼，把自己裹入
可亲动物的毛皮
我想感受羊蹄下的细沙
倾听夜里的马厩
门闩插上的声响。

但我却躺在羽毛中，
颤悠在高高的虚空。
我头晕目眩，难以入眠。

我的手想要抓住什么，却只找到

一朵玫瑰作为支撑。

（选自《只有一朵玫瑰支撑》，1959）

3. XI. 57

当下
GEGENWART

谁曾在自家门槛上哭泣
像一个素未谋面的乞丐。
谁曾在地板上度过长夜
蜷缩在自己的床边。
谁曾请求逝者转身
远离他的羞愧。

他的足迹不复踏上街巷，
他的昨日和明日
被一个世纪隔绝
他再也不伸手相握。
玫瑰不会为他凋零。
箭矢永不会将他击中。

然而一份安慰几乎让他惊慌
当一只可见的翅膀弯曲，
轻轻呵护他
颤抖的光芒。

（选自《只有一朵玫瑰支撑》，1959）

金色的绳索
DAS GOLDENE SEIL

没有什么比相逢
更短暂

我们像孩子般玩耍，
彼此邀请，或撤回邀请
仿佛有用不完的时间。
我们与离别开着玩笑
像收集弹珠般收集泪珠
我们还在试着刀锋，是否切割如故
随即就听见
一个名字被叫出
休息
戛然而止。

我们紧紧抓住
金色的绳索
拼命抗拒，不肯离开
但绳索已断。
我们被迫流散：
离开同一个城市，
离开同一个世界，

沉入同一个

混杂万物的

地窟。

（选自《只有一朵玫瑰支撑》，1959）

最难的路

DIE SCHWERSTEN WEGE

最难的路

总是独自行走，

失望，失败，

丧失，

都须独自承受。

即便死者回应每一次呼唤

不拒绝我们的任何请求

也不会伸出援手

只会看着我们

是否继续行走

生者伸出的手

遥不可及

就像冬天的树枝

所有的鸟都陷入沉默。

你只听见自己的脚步

还能听见

未曾迈出的下一步。

停步转身无济于事。

你必须

继续往下走去。

拿上一根蜡烛

像进入地下墓穴

小小的烛光难以呼吸。

但如果你走了很久，

奇迹就不会消失，

因为奇迹总是发生，

没有奇迹的恩典

我们就无法生活：

蜡烛因这天自由的呼吸而明亮

你会微笑着熄灭它

当你已走到阳光下

走进鲜花盛开的花园

一座城市展开在你眼前

你的家中

已铺上白色桌布。

容易失去的生者

和不会失去的死者

为你掰开面包，斟上美酒

你重新听见了他们的声音

如此近，就在你

心的一侧。

（选自《只有一朵玫瑰支撑》，1959）

写在雨中
IM REGEN GESCHRIEBEN

谁若是一只蜜蜂

就能透过阴云

感觉到阳光，

就能寻芳而去

从不迷失方向，

田野将披着永恒的光芒

无论生命多么短暂，

他哭泣的时候

必定很少。

（选自《只有一朵玫瑰支撑》，1959）

鸟怨
VOGEL KLAGE

一只无脚的鸟是一曲哀歌

没有树枝，没有手掌，没有鸟巢。

一只在逼仄中受伤的鸟，

一只在广阔中迷失的鸟，

一只在海洋中淹溺的鸟。

一只鸟

是一只鸟，

是一块石头，

它在尖叫。

一只哑巴鸟，

无人听见它的尖叫。

（选自《只有一朵玫瑰支撑》，1959）

春天的榉树林
BUCHEN IM FRÜHLING

我俩一起走进

春天的榉树林。

银白，光洁，树与树

紧密相依

浅亮的叶子像天上的云。

你抬头看，一阵眩晕。

你稍稍拉开距离：

三棵或者四棵树

挡在我俩之间。

你迷失了方向，

仿佛一道判决说出口。

相距如此近，相隔如此远。

我再也找不到你

你也再找不到我。

（选自《只有一朵玫瑰支撑》，1959）

别喊
RUFE NICHT

把手指放到唇边。

别喊。

停下脚步

在道路的边缘。

也许你该躺下

躺进尘埃。

你就可以凝望天空

与道路融为一体，

转身看你的人

就能离开，仿佛没有丢下任何人。

你将更轻松地前行

如果躺下，而不是站着，

如果沉默，而不是呼喊。

只需看云朵舒卷。

保持谦卑，不必抓住什么。

一切都将消散。

你也将无比轻盈。

你也不会永恒存在。

不必害怕孤独，

当风已经飞升

吹散了

那些云。

（选自《只有一朵玫瑰支撑》，1959）

与影同行
MIT MEINEM SCHATTEN

我与我的影同行
我任由它牵引
我和它默默
走过无草的草地。

我越来越苍白，
它越来越修长。
它引领我，
我任由它引领。

路边光秃的桦树
光洁的白色手指
比我更了解
最终的目的。

（选自《只有一朵玫瑰支撑》，1959）

身后无人
ES KOMMEN KEINE NACH UNS

我们身后无人
再说起过往，
无人接手完成
我们的未竟之事。

我们站在一小块
封隔之地，
我们的影子
坠入虚空。
没有镜子被挂起，
保存我们的影像，
在我们离开之际。
不再有镜子跟踪
我们前辈的影像，
我们肺中的空气，
嘴巴笑过的，
眼睛哭过的，
都将灰飞烟灭，
与我们
一起。

像我们这般行过的人
已经寥寥无几。
我们写下或说出什么
都已无关紧要，
除了对你或对我。
我们所做的一切
走后不会变成种子发芽。
我们只为这一天而存在，
只为这一天，属于我们的这一天。

即将到来的日子，
地平线后方的日子，
属于那些想要变得不同的人。
我们的春天只是这一个春天，
我们的夏天只是这一个夏天，
我们的秋天只是这一个秋天。

当我们转头，发现
我们已是最后一批，
上辈人的孩子和孩子的孩子，
是没有后代的
父亲和母亲，
我们几乎已经站在了
一片冰面的边缘，

很快它就会漂远。

所以，我们走路时
必须比别人更频繁地
感受脚下的土地，
这块短暂的土地
从清晨维持到夜晚。
我们必须穿上薄底鞋
或赤脚走路。
若要触碰什么，
就用轻轻的指尖，
或警醒的脚尖。
不能有任何闪失。

每一次都是，或者可能是
最后一次。
我们这么做是为了所有前人，
以及所有后人，
他们不会去做
或者做得完全不同。
我们不希望留下任何未竟之事，
不想半途而废，
不想让我们桌上的酒

给幽灵留着另半杯。

在翅膀拍打的瞬间

我们必须精确无误。

我们裸露的脸孔

不像时间充裕的人

那般光泽动人，

足以养成习惯，或者戒除习惯。

当我们阳台的水位上升，

树梢在星空下

仍依稀可见，

当我们山上那些

还亮着灯的房子，

开始移动

渐渐驶离

仿佛一条方舟，

我们就须做好准备

——就像一个人从窗户跳下

准备提出重大的问题

并听到重大的答案。

（选自《只有一朵玫瑰支撑》，1959）

教诲
UNTERRICHT

每一个离去的人
都会留下一点
关于我们的教诲
珍贵的教诲
在临终的床沿。
每一面镜子都如此清晰
像大雨后的湖泊，
阴霾的日子随即
再度模糊了镜面。

他们只为我们死一次，
绝不重复。
我们能懂什么
若没有他们？
若没有这些可靠的天平
在他们离去之际
将我们衡量
没有死者的天平
无物拥有重量。

我们这些言不及义的人

忘记了这些教诲。

他们呢？

他们无法将教诲

重复一遍。

你的死，或我的死

将成为下一次教诲：

如此明亮，如此清晰

随即又变得晦暗。

（选自《只有一朵玫瑰支撑》，1959）

第二辑

归船

RÜCKKEHR DER SCHIFFE

秋天的眼睛

HERBSTAUGEN

把身体
压进大地

大地
还散发着夏天的味道,
身体
还散发着爱的气息。

但身上的草
已经泛黄。
风已变凉
飞满蓟草的种子。

而追逐你的梦,
有一双影足,
你的梦
有一双秋天的眼睛。

（选自《归船》[①],1962）

---

① 《归船》（*RÜCKKEHR DER SCHIFFE*）是希尔德·多敏第二部诗集,法兰克福菲舍尔出版社 1962 年出版。诗作大多创作于 1958 至 1961 年。第二辑收录了该诗集的二十一首诗。

归来
RÜCKKEHR

我的脚吃惊地发现
旁边有别的脚在走动，
那些脚却无动于衷。

我，赤足前行的我
没有留下痕迹
我总是注意别人的鞋子。

路却和我
羞涩的双足
欢庆着重逢。

在我童年的屋子旁
在二月的天气里，
那棵巴丹杏树开花了。

我曾梦见
杏花绽放。

（选自《归船》，1962）

花苞
KNOSPE

爱的花苞，

没有园丁照拂，

在身体叶子下躲藏

它悄悄绽放

缓慢而持久

使我对自己也陌生异常。

（选自《归船》，1962）

细数雨滴

ABZÄHLEN DER REGENTROPFENSCHNUR

我数树枝上的雨滴，

晶莹闪烁，却不愿落下，

晶亮的雨绳

悬在光秃的枝条下。

草地凝望我

用水汪汪的眼眸。

金绿的柳絮

披着滴水的皮毛

没有蜜蜂将它们拜访。

我多想邀请它们

来我的炉火边烘烤。

我坐在山上

拥有一切，

屋顶和墙壁，

床榻和桌椅，

浴室热雨倾泻，

炉火如狮子金色的鬃毛

它吐纳，像一头动物，

它呼吸，似一位同伴，

还有女邮差，

会把信件带到

我的山上。

然而那些柳絮

并未踏进我的屋门，

信件也未曾抵达，

因为雨滴不愿

我将它们计量。

（选自《归船》，1962）

冬日
WINTER

鸟，光秃枝条间的
黑色果实。
树和我捉起迷藏，
我像走进人群
每一株都心思暗藏，
我请教黑树枝
它们的名字。
我相信它们会开出花朵
因为里面藏着绿枝条
我相信你爱我
你只是不说。

（选自《归船》，1962）

瘦餐
MAGERE KOST

我躺下，
不吃也不睡，
我不给花儿
浇一滴水。
我懒得抬一下手指。
我不期待任何事。

你的声音曾拥抱我，
许多天过去了，
我每天都在
吃掉它的一小份，
这么多天
我仅靠它过活。
谦卑得像穷人的牲畜，
在路边咬扯
稀疏的草茎，
得不到任何施舍。

如此少，又如此多
如同那个声音，
曾将我拥入怀中，

你必须将它留下。

缺了这个声音

我将无法呼吸。

（选自《归船》，1962）

不可阻挡
UNAUFHALTSAM

最初那句话，
谁将它带回，
新鲜的
还未说出口的
那句话？

话飞过的地方
草枯了，
叶黄了，
雪落了。
一只鸟飞回你身旁。
不是你的话，
不是你嘴里
未说出的那一句。
你随即吐出
一些别的言辞
披着缤纷的软羽。
但那句话更迅疾，
那句黑色的话。
它总能抵达，
它不会停止

奔赴目标。

一把刀好过一句话。

刀会钝。

刀常刺偏

心脏。

话不会。

尽头处是那句话，

总是候在

终点

那句话。

（选自《归船》，1962）

逃逸
FLUCHT

心在逃逸
伴着月亮,
云朵静谧,
月亮匆忙。

月亮逃逸
心也匆忙,
它在逐梦,
云朵静谧。

梦在蜕皮。
心在奔逃。

在梦面前
逃之夭夭。

（选自《归船》，1962）

语言学
LINGUISTIK

你必须和果树谈谈。

创造一门新的语言，
樱花的语言，
苹果花的语言，
粉红的，白色的话语，
随风而逝。

去向果树倾诉
若你遭遇不公。

学会沉默
在粉红的，洁白的语言中。

（选自《归船》，1962）

印度蝴蝶
INDISCHER FALTER

或许我们不过是
一只碗
用来舀取
某个瞬间。

一个老人
跌倒在汉堡或曼哈顿
一只蝴蝶
在他身上死去
三十年了
蓝色的翅膀张开在
吴哥窟。

当我们在此间居留
或许我们
未曾被索取什么
除了让一张脸
发出光亮
直到变得透明。

保存好

这张脸的光芒

就像那个老人

保存印度蝴蝶的光芒

直到我们被搁入土中

一切成为永恒的记忆

——抑或遗忘。

（选自《归船》，1962）

雨中鸽

TAUBEN IM REGEN

行过远路我的脚，
我的脚两只鸽
每个夜晚
寻觅你的手中巢
我的孩童脚。

你打发它们离开，
它们却坐在雨中
坐在你的门前，
紧紧依偎，
雨中的两只鸽。

我的孩童脚。

（选自《归船》，1962）

Geh nicht als ein Erlöschendes

ich nicht als ein Erlöschendes
geh nicht als ein Erlöschendes
in das Sterben

~~geh nicht~~

Brenne

Brenne

Wir sind Fichteln, wir Buche,
Wir sind Sterne

Wir sind Brennende —
gleiche Oles
oder wir sind nicht
gewesen —

ei hipe wir die euren
ist was wir Mitte der Ballon
sicht Ausleutung

H. D
20. 7. 61

你的名字①

DEIN NAME

你的名字在我唇边，

总是在呼唤的边缘，

不能让它跌落，

你名字的每一滴

都不能落入尘渊。

我扛着这盛满的器皿

小心翼翼。

你的名字

不会轻轻跌落

轻得敲不碎白昼

也不会响到

让你听见它。

（选自《归船》，1962）

① 译自诗歌《穿越卡斯蒂利亚》（FAHRT DURCH KASTILIEN），第三节。

庇护
BEHÜTET

我睡在我的悲伤里
悲伤是我的庇护所
痛苦就像幸福
筑起一道墙壁。

我，没有房屋
总是被这道墙庇护
战争在此处
偃旗息鼓。

而我
将死于
鸽子胸羽下的
一处伤口。

（选自《归船》，1962）

只是证人
NUR ZEUGEN

这朵正在凋谢的花，

渴望

缓缓

落入

永恒。

疼痛

伴随剪断的脐带，

昨日尚可疗愈，

今日却已远遁

去往**永无之地**。

我们什么也无法改变，

只能看着

不可理喻的力量

伤害

掺着泪水。

（选自《归船》，1962）

四月
APRIL

世界散发
昨日的甜美。
芳香总是长久流连。

你打开窗户
所有的春天
和这个春天一起涌来。

春天远不止
一片片绿叶。
一个吻蕴含所有吻

城市的上空
总是明净而闪亮
条条街道通往天上。

你知道，冬天
和痛苦
并不致命。

今天空气如此甜美

就像昨天——

散发今日的甜。

（选自《归船》，1962）

轻装上路
MIT LEICHTEM GEPÄCK

不要习惯。

你不能习以为常。

一朵玫瑰是一朵玫瑰。

但一座房屋

并非家园。

不必给橱窗里

摇尾的小狗

施舍什么

它误会了你。你身上散发的

并非久居者的气味。

一把勺子总好过两把。

把它挂在脖颈上，

你可以拥有一把勺子，

因为用手

没法舀热汤。

你的指缝流下糖，

如同安慰，

如同希望，

在这个

属于你的日子里。

你可以拥有一把勺子，

一朵玫瑰，

也许还拥有一颗心，

也许，还能拥有

一块墓地。

（选自《归船》，1962）

Gewöhn dich nicht.
Du darfst dich nicht gewöhnen.
Eine Rose ist eine Rose.
Aber ein Heim
ist kein Heim.

Sag dem Schosshund Gegenstand ab
der dich anwedelt und mitwill
aus den Schaufenstern.
Er irrt. Du
riechst nicht nach Bleiben.

Ein Löffel ist besser als zwei.
Häng ihn dir an den Hals,
du darfst einen haben,
denn mit der Hand
schöpft sich das Heisse zu schwer.

Es liefe der Zucker dir durch die Finger,
wie der Trost,
wie der Wunsch,
an dem Tag
da er dein wird.

Du darfst einen Löffel haben,
eine Rose,
vielleicht ein Herz,
und vielleicht,
ein Grab.

                14.3. 60

Titel: ~~Expedite~~

Sag dem Schosshund Gegenstand ab
der dich anwedelt
aus den Schaufenstern.
Er irrt.
Du riechst nicht nach Bleiben.

Er irrt. Du riechst
nicht nach Bleiben

异乡人
FREMDER

1.
我像一个死者
掉进每一张网。

我穿网而过。
像无土的种子，
没有重量
风将我
从所有网中吹起。

无论我走到哪里，都有一张路网，
紧密交织。

每个城市都准备就绪
他们所需的一切
玩具和婚床
以及母亲棺木旁的
一块地方。

我一无所求，我来来去去
手掌空荡。

"你说着我们的语言"，
到处有人对我这么说
露出惊讶的神情。
我是那个陌生人，
说着他们的语言。

2.
我来之前，他们搭建，
我走之后，他们拆除，
牢固的房屋、街道、树木
构成舞台。

我到达前几分钟，有人整出
一块地方，几把椅子，一张桌子，
有人给我端来咖啡，
我说着服务员的语言。
几小时后
在一间嘈杂的酒店
有人为我收拾出一间卧室。
没有人等在火车旁。

我用一小块你的爱
裹住自己——

这块变薄的布

是我唯一的衣裳

我走在一个

遥远的

早已消逝的

微笑的光芒里。

（选自《归船》，1962）

请求一头海豚
——致克里斯提娜·布思塔①
BITTE AN EINEN DELPHIN

Für Christine Busta

每天夜里

我抱着我的睡枕

像抱着一头温柔的海豚

继续我的漂流。

温柔的海豚

请驮起我

漂流在心跳的海洋。

天亮时，请把我

带到善的海滩

远离明天的岸。

（选自《归船》，1962）

---

① 克里斯提娜·布思塔（Christine Busta，1915—1987），奥地利女诗人。

温柔之夜
ZÄRTLICHE NACHT

夜幕降临
于是你爱

并非爱那美的
而是爱那丑的。

并非上升的
而是注定坠落的

并非在你助人的地方
而是在无依之地

这是一个温柔之夜，
这夜你爱——

爱那些即使爱
也无法挽救的事物。

（选自《归船》，1962）

归船
RÜCKKEHR DER SCHIFFE

你已经让一切离去
曾属于你的一切。
包括期待。
它转身登船，
赶在船离开
你的海湾之前。

你忘记了你的脸。
形同一个
活着的死人
你还能剪指甲，
脸颊也常常潮湿
毫无知觉地流泪。

但没有什么会死透。
一个活死人睡在你体内。
一切都会重归。
不是以现在的模样。
但会以它的方式，
重新归来。

包括那只船。

你所有的船将同时归来。

温柔的光。

连你自己也不知道，

你的船是否已归航，

你的身体是否已长出大树？

只有广阔与明亮

在你无尽的胸膛

一切都将平息，当船驶入

这个巨大

无边的伤口

满载着甘泉。

（选自《归船》，1962）

勇气歌

LIEDERZUR ERMUTIGUNG

I

我们的枕头潮湿一片
那是纷乱梦境的
泪水。

但是，从我们空荡
而无助的手中
鸽子再一次起飞。

II

你被不停驱赶
沿着无门的城墙

一路奔逃
事物错乱的名字
落在你身后

信任是一桩
最难的易事。

我在空中画出
一个小小标记
无形也无影
它将展开一座新城，
耶路撒冷
金色之城
乌有之乡。

III

这些鸟
没有疼痛，
这些最轻盈的
金鸟
在屋顶上空
流浪。

没有一只
向另一只
提问。

没有请求

没有渴望，

混杂，又分离。

我们，

在屋檐下，

紧紧抓住对方。

看，

阳光

又回来了

像金色的烟。

下沉的一切又升起。

从约伯的屋顶升起。

这一天

第二次

报到。

（选自《归船》，1962）

第三辑

此地

HIER

诗

LYRIK

非词

拉伸在

词与词

之间

（选自《此地》[①] , 1964）

---

①《此地》（*HIER*）是希尔德·多敏第三部诗集，法兰克福菲舍尔出版社 1964 年出版，主要收录创作于 1963 至 1964 年的诗歌。第三辑收录了其中十九首诗。

独角兽
EINHORN

快乐
这头谦卑的动物
温柔的独角兽

它这样轻
轻得听不见
它走来或离开
我的宠物
快乐

口渴时
它就舔舐
梦的泪珠。

（选自《此地》，1964）

在月亮的另一面
AUF DER ANDERN SEITE DES MONDS

在月亮的另一面

走动着

你真实的日子

裹着金色的衣裳

安居于皎皎之地

像曾经的你

被驱离此地

从此长流离

它们流浪到了

月亮的另一面

你知道，它们属于你。

而你收到了

一个又一个早晨

皆是它们的替身：

比每一个陌生国度

还要陌生

你知道

你的日子

漫游在皎皎之地

一天接着一天

从你身旁走过

只走动在

月亮的另一面。

（选自《此地》，1964）

归乡人
HEIMKEHRER

所有记忆都偏离了轨道
离得如此远
远离乡愁的
目的地。

但是一片
新叶的温柔
孕育着新生
一只
呵护的手。

我们身处
高空的螺旋
一切都学得
太晚。

（选自《此地》，1964）

现实
AKTUELLES

1.

总是那座花园

花树下
总是摆着
早餐

地底下
理想民族
被屠杀者

我们的孩子们。

2.

骨头和石头
别扔
石头
不要不要扔石头
用石头砌围墙。
别砌
围墙。

垂下

手臂。

举起手臂

哭泣着

相拥。

手臂的

使用说明。

（选自《此地》，1964）

救救我们
SALVA NOS[①]

1.

今天我们呼喊

今天我们命名。

一个声音

说出一个词——

遭遇

用我们体内上浮的一点空气

用我们仅有的呼吸

元音和辅音

镶成一个词

一个名字

它驯服

不可驯服的

它迫使

我们的物

存在，一次心跳那么长。

---

① 标题原文为拉丁语 Salva nos。

2.

这就是我们的自由

能说出正确的名字

没有畏惧

用小小的声音

彼此呼唤

用小小的声音

说出吞噬的兽

仅用我们的呼吸

请救我们逃出狮口①

撬开狮口

居于兽嘴

并非我们的意愿。

（选自《此地》，1964）

① 此句原文为拉丁语 Salva nos ex ore leonis，源自《圣经》中的一段祈祷文，常用来祈求危险或困难中的拯救。在宗教艺术和文学中，ex ore leonis 常被用来比喻保护人们免受伤害或邪恶的侵害。

关于我们

VON UNS

今后的人会读到我们。

我从不愿唤起
未来小学生的同情。
从不愿以这种方式
出现在某个练习簿。

我们，已被判决
只能知晓
而不能行动。

我们的灰
再也不会化作泥土。

（选自《此地》，1964）

更美的

SCHÖNER

更美的，是关于幸福的诗。

好比花朵

比催她开放的花茎更美，

更美的

是关于幸福的诗。

好比鸟儿比鸟卵更美

好比灯亮的时候很美

更美的是幸福。

更美的，

是那些我不会去写的诗。

（选自《此地》，1964）

科隆①
KÖLN

这座湮没的城市
只为我
独自
湮没。

我沿着街道
泅水
别人在行走

那些老房子
已换上崭新的
大玻璃门。

死者与我
一起游过
我们老房子的
新大门。

（选自《此地》，1964）

---

① 多敏于 1909 年 7 月 27 日出生于科隆一个家境优渥的犹太知识分子家庭，父亲是法学
博士，母亲精通声乐和钢琴。多敏在科隆度过了无忧无虑的童年和少女时代以及一部分
大学岁月。1932 年多敏夫妇离开德国，移居意大利，1939 年逃离欧洲大陆；1954 年多
敏结束流亡，从美洲回到德国，定居于海德堡。这首诗是多敏唯一一首写故乡科隆的诗
歌，收录于 1964 年出版的诗集《此地》。

流亡
——致父亲

EXIL

Meinem Vater

垂死的嘴唇

竭尽全力

试图说出

一个正确的

陌生语言的

词。

（选自《此地》，1964）

夜
NACHT

有人把我这个死者放入水中

我顺流而下

罗讷河、莱茵河、瓜达尔基维尔河①

热带的鲨鱼河②。

海边放着棺材。

我的齿间没有钱币③

我在床上漂浮

经过那些仁慈的

守尸人

他们守着亲爱的死者

数量太多

---

① 罗讷河，发源于瑞士的阿尔卑斯山脉，流经瑞士和法国。莱茵河，德国最长河流，也是西欧最重要的河流之一，发源于瑞士阿尔卑斯山脉，注入北海。瓜达尔基维尔河，西班牙南部的一条主要河流，发源于西班牙哈恩省的科迪勒拉山脉，流经安达卢西亚地区，最终流入大西洋。这些河流是欧洲文化和历史的象征，它们的流动连接着不同的地区和文化，也象征着诗人的流亡道路的一部分。
② 热带鲨鱼河，暗指诗人流亡的最后一站：中美洲。
③ 一种习俗，即在死者口中放置钱币以支付渡过冥河的费用。

比浮木还不值

我就这样漂进了白昼。

（选自《此地》，1964）

此地
HIER

不受欢迎的孩子
我的词语
冻得发颤。

来吧
我想把你们
放在我
温暖的
指尖上
冬日的蝴蝶。

太阳
苍白如月亮
也照耀着
这片土地
我们将把异乡客的滋味
品尝到老。

（选自《此地》，1964）

我逃向细微之物
ICH FLÜCHTE MICH ZU DEM KLEINSTEN DING

我逃向细微之物，比如

一片苔藓的永恒。

湿润

指头大小

从童年

到今天。

我，格列佛

把脸埋进小小的苔藓，

格列佛迈开

步伐

我起身

跨越国土的边界。

（选自《此地》，1964）

谁能
WER ES KÖNNTE

谁能

把世界

高高抛起

让风

穿过它。

（选自《此地》，1964）

阅读巴勃罗·聂鲁达[①]
BEI DER LEKTÜRE PABLO NERUDAS

我跳着舞

你迈着宽大的步伐

我飞翔

你是一尊河神。

你这条

词语的大河

你是水流和大地

我的词，气息

吹动树叶。

你简单的词

你纯粹的词

就像我

简单的词

散发着人类的气息。

（选自《此地》，1964）

---

① 巴勃罗·聂鲁达（Pablo Neruda，1904—1973），智利著名诗人，1971年诺贝尔文学奖获得者，代表作品《二十首情诗和一首绝望的歌》。

夜间定位
NÄCHTLICHE ORIENTIERUNG

我的头朝南

我的脚朝北

自从我离开家乡

我的脚总朝着北方

朝向你

睡觉时，我的身体

是一根指南针

找寻着它的北方。

（选自《此地》，1964）

不知何时
IRGENDWANN

不知何时

一个化脓的伤口

一声听不见的喊叫

会骤然爆发

孩童般的额头

赤脚

手无寸铁

这光芒

持续了几个世纪

秩序规约

奈何不了它。

它存在，从永恒到永恒

相同的眼泪流在所有脸上

穿越大陆，穿越世纪

它来临时

这微笑

同等明亮，绽放在所有肤色的

脸庞上

这共识

必存在，且相同

永远

这微笑

这舍弃。

（选自《此地》，1964）

不要坠入疲倦

NICHT MÜDE WERDEN

不要坠入疲倦

而是轻轻地

为奇迹

递上你的手

像迎候一只鸟。

（选自《此地》，1964）

艺术久长
ARS LONGA

呼吸
在鸟喉间
呼吸
在树枝间。

词
如同风
神圣的呼吸
出发又回归。

呼吸总能找到
树枝
云朵
鸟喉。

词
神圣的词
总能找到嘴唇。

（选自《此地》，1964）

洞穴图像 我要你

第四辑

HÖHLENBILDER

ICH WILL DICH

你的唇印上我的唇[①]

DEIN MUND AUF MEINEM

你的唇印上我的唇。

我失去了所有轮廓。

千万朵小花

在我身上

张开了花萼。

你温柔地吻我

然后离开我。

干燥的羞赧，像一团火焰升起

在我的腹部

在我的胸口。

（选自《洞穴图像》，1968）

---

① 第四辑的二十六首诗歌分别选自多敏的第四部诗集《洞穴图像》(*HÖHLENBILDER*，杜伊斯堡圭多·希尔德布兰特（Guido Hildebrandt）出版社 1968 年限量版，诗作大多创作于 1951 年和 1952 年)，和第五部诗集《我要你》(*ICH WILL DICH*，慕尼黑派珀(R.Piper & Co.)出版社 1970 年第一版，法兰克福菲舍尔出版社 1995 年修订版，收录了 1965 至 1969 年，以及 20 世纪 70 至 80 年代的诗歌）。

我所有的船
ALLE MEINE SCHIFFE

我所有的船

遗忘了港口

我的双脚遗忘了路。

不再播种，也不再收获

因为没有过去，

也没有未来。

每一个日子都没有舞台。

只有这小小的

温柔的距离

横在你我之间

你不愿缩减。

（选自《洞穴图像》，1968）

Alle meine Schiffe
haben die Häfen vergessen,
und meine Träume den Weg.
Es wird nicht (?) und nicht (?),
denn es ist keine Vergangenheit
und keine Zukunft,
keine Mutter und kein Kind,
kaum ein Bäumen im Tag.

Nur du kleiner
röthlicher Abstand
zwischen Dir und mir,
den Du nicht verminderst.

16.12.51

我的性在颤抖
MEIN GESCHLECHTZITTERT

我的性在颤抖

像一只雏鸟

被你的眼神抓握。

你的手，似一阵清风

拂过我的身体

我的卫士统统逃离。

你打开最后一道门。

在快乐面前

我惊慌失措

所有的睡眠都变薄

像一块撕裂的布帛。

（选自《洞穴图像》，1968）

地形图
TOPOGRAPHIE

我是一幅彩色的
地形图

蓝色和红色的旗帜
插在白色的大地

标出山峦叠嶂
所有的抵抗

当你长驱直入
势不可挡

我的士兵们
倒戈相向。

（选自《洞穴图像》，1968）

抗衡
GEGENGEWICHT

我如何能穿上

那条最蓝的蓝裙

呼唤所有盛开的枝条

和所有的夜莺来帮忙

我如何能带着泪，或带着笑

保持平衡

抵住另一只

装着世界的盘子

一颗铅制的坚果？

（选自《洞穴图像》，1968）

我要你
ICH WILL DICH

自由
我要用砂纸
将你磨糙
你光洁如舔

我指的是
我的
我们的
自由，它来来去去
像个时尚妞

你被舌尖
不停舔舐
变得浑圆
一个圆球
在所有织物上滚动

自由，你这个词
我要把你磨糙
我要用玻璃碎渣把你填充
让人说起你，舌头就变得沉重

让你不再是任人嬉戏的球

你
和其他词，
我要用玻璃碎渣将你们填充
遵循中国老人
孔夫子的教诲

方盘，他说
就必须
有棱有角
否则国家
就将倾覆

他说，没有什么
比这更重要
言出必明
圆就是圆
方就是方①

（选自《我要你》，1970/1995）

---

① 此句典出《孟子·离娄上》，而非孔子所言。孟子曰："离娄之明，公输子之巧，不以规矩，不能成方圆。"

三种写诗的方式
DREI ARTEN
GEDICHTE AUFZUSCHREIBEN

1.

干涸的河床

从远处看

像一条白色的卵石滩

于是我渴望写诗

用清晰的字符

或者卵石堆

小卵石

在我诗行下滑动

纷纷滑落

而我词语的艰辛生活

依然故我

每个字母都依然如故

2.

小写字母

精确的写法

让词语轻轻走来

让词语悄悄潜入

让你必须走向

那些词语
它们在白色的
纸上
轻轻寻觅，
你不会注意，它们如何
通过毛孔进入
如同渗入的汗珠

恐惧
我的
我们的
以及每一个字母的"依然"

3.
我想要长条纸
和我一样长
一米六十
上面写一首诗
它会尖叫
有人经过时
它用黑色字母尖叫
它要求一些不可能的事
比如勇气
动物没有的勇气

比如悲悯

同舟共济而不是乌合之众

陌生的词

在行动中变得熟悉

人

拥有勇气的动物

人

懂得悲悯的动物

人　陌生词——动物　词——动物

写诗的

动物

诗

要求不可能的事

向每一个路人

如此急迫

不容驳回

就像在喊

"喝可口可乐"

（选自《我要你》，1970/1995）

灰暗的年代
GRAUE ZEITEN

1.

必须结束它

仿佛它来自灰暗的年代

像我们这样的人我们在他们当中

跟船漂泊

无处登陆

像我们这样的人我们在他们当中

不允许停留

也无法离开

像我们这样的人我们在他们当中

不问候朋友

也不被问候

像我们这样的人我们在他们当中

站在陌生的海岸

请求他们原谅我们的存在

像我们这样的人我们在他们当中

被人收留

像我们这样的人我们在他们当中
像你们这样的人你们在他们当中
每个人

都可能被剥去衣裳
全部脱光
赤裸的人偶

比动物还赤裸
衣服底下
受害者的身体

被剥去衣裳
这些人早晨还有碗碟围绕
白色的身体

幸运的只是
被赶走的人
从极点到极点

灰暗的年代

星期一拥有很多星期二一无所有

在我们

和灰暗的年代之间

2.
在灰暗的年代
将我们隔开的只是
这二十年

报纸标题
红色的黑色的
在"德意志"的词下

我已经目睹一次
二十年：

星期一拥有很多星期二一无所有

在我们

和灰暗的年代之间

3.
有时我看见你

被野兽撕碎
被人兽

也许我们会笑

你的恐惧我从未看见
这种恐惧
我看见你们

4.
你
和这个人
和那个人
像你们一样的人
你们在他们当中
赤裸的人偶
今天还被碗碟围绕
报纸的标题
红色的黑色的
在"德意志"的词下
死者站在小卖部旁
大大的眼睛

盯着报头看

黑色和红色印刷的仇恨

在"德意志"的词下

死者感到害怕

在这个国家

死者感到害怕。

（选自《我要你》，1970/1995）

西西弗斯
——马拉美《命令式》的变奏①

SISYPHUS

Variationen auf einen Imperativ von Mallarmé

蓝色窟窿

群鸟撕裂的伤口

清晨，新闻张开

黑色的裂缝

"填满它们，

用不知疲倦的手"

梳理山峦

清除荒芜

擦除殆尽

向着恶之墓行进的

十字军

留下的洞穴

填满它们

用不知疲倦的手

---

①《命令式》（Imperativ）是法国象征主义诗人斯特凡·马拉美（Stéphane Mallarmé，1842
—1898）的一首四行短诗，它与诗歌创作的某种指令和意境相关，是对理想状态的诗歌
创作的哲学思考和美学探讨，而非语法意义上的命令式。马拉美追求"纯粹的诗意"，
强调诗的神秘性和词语的魔力，是"纯诗"的倡导者。

呼唤的双唇

在所有国度张开

凭着永恒的呼吸

巨大的心脏新的图腾，

要用海沙摩擦

这七层心皮的罪物

将受刑者的泪水

注入我们这些幸存者

我们这些后来者的血脉

道路疲惫不堪

被十字军踏破

要用不知疲倦的手掌

抚平它的伤痕

填补天空

巨大的蓝洞

飞机撕开的伤口

填补黑色的裂缝

把伤口的边缘

轻轻聚拢

缀补地球的肌肤

在我们的世纪

它变得破碎不堪

用不知疲倦的

永不停歇的手

将它缀补

凭着永不停止的呼吸

呼唤永不疲倦的手

将石头

推上山巅

变作面包，化作泉水

（选自《我要你》，1970/1995）

看这个人
ECCE HOMO[①]

小于对他的希望

这是人
单臂
永远

只有钉在十字架上的那位
展开
双臂：
"我在这里。"

（选自《我要你》，1970/1995）

---

① 原标题为拉丁语 Ecce Homo，意为"你们看这个人"，语出《圣经·新约·约翰福音》第 19 章，是罗马总督彼拉多在耶稣被士兵鞭打并被戴上荆棘冠冕之后，将耶稣展示给众人时所说的话。"Ecce Homo"经常被用来指代描绘耶稣受难场景的作品，也用来形容展现苦难或尊严的场合。

谨慎为妙
VORSICHTSHALBER

秋日临近
要牵上狮子同行

若有良宠相伴
谁敢靠近我们
当它挺身而立
个头更高于人

世上谁敢咬狗
谁能踏蛇之首
能遮鳄鱼之目
便可安宁无忧

（选自《我要你》，1970/1995）

亚伯，站起来 ①
ABELSTEH AUF

亚伯，站起来

游戏必须重新开始

每一天都必须重新开局

每一天的答案都悬在我们面前

必定有一个答案

亚伯，若你不起身，

这个唯一的答案

又怎能

有所改变

我们可以关闭所有教堂

废除所有法典

只要你站起来

我们就能撤销

地球所有语言

对这个唯一的问题

第一个虚假的答案

亚伯，站起来

让该隐说话

---

① 亚伯以及下文中出现的该隐都是《圣经》中的人物，他俩都是亚当与夏娃的儿子。亚伯与该隐的故事记载在《创世记》第四章。亚伯是牧羊人，该隐是农夫。亚伯的贡物得到了上帝的接受和赞赏，该隐的贡物则被上帝拒收，该隐出于妒忌而谋杀了亚伯。亚伯与该隐的故事在宗教和文学中被广泛引用与解读，象征着善与恶、信仰与背叛、无辜与罪恶的冲突。这首诗被诗人视为自己最重要的诗作之一。

让他说出
我是你的守护者
兄弟
我怎能不是你的守护者
你每天都要站起来
让我们始终拥有这句话
这句"有我在"
我
你的兄弟

让亚伯的孩子
不再害怕
因为该隐不再是该隐
我写下这些
我，一个亚伯的孩子
每天都在担心
那个答案
肺里的空气越来越稀薄
当我等待着答案

亚伯，站起来
让我们所有人之间的事
有一个不同的开端

燃烧的火焰
地球上的火焰
应该是亚伯的火焰

火箭尾巴上燃烧的
应该是亚伯的火焰

（选自《我要你》，1970/1995）

词与物
WORT UND DING

词与物
紧密相依
相同的体温
在物和词中

（选自《我要你》，1970/1995）

生日
GEBURTSTAGE

她死了

今天是她的生日
正是这一天
从母亲双腿间的
三角地带
挤压出一个她
她从双腿间
挤出我

她是灰烬

我总是想到
一头鹿的诞生
如何在地上撑起腿

我不曾强迫任何人进入光
除了词
词不会回头看
它们站起身

立刻

开始走动

（选自《我要你》，1970/1995）

双手总是盈满

IMMER MIT DEN VOLLEN HÄNDEN

双手总是盈满

掌上万物生长

掌上万木凋零

播下新的种子

草地，森林，兽群

在我手中生长

生生死死，繁衍不息

我的掌心

承载自然全部的秘密

自人类诞生之日起

我惊奇地注视

手中的风景

我灌溉它们

以养泉，用泪滴

我总是垂下头

倾听远处的声音

但我心里明白

我永远不会

听见它的动静

（选自《我要你》，1970/1995）

千年
——致 E.W.P①

JAHRTAUSENDE

Für E.W. P.

你悠游于千年岁月

像孩童嬉水

每个清晨，我听见你吹一声雀哨，

吹亮这一天的喜悦

没有什么能阻挡你

从你的神奇篮子

变出日常的惊喜

足以滋养世纪

余下的每一天。

（选自《我要你》，1970/1995）

---

① E.W.P.指 Erwin Walter Palm，即多敏的丈夫欧文·瓦尔特·帕姆，犹太裔考古学家和历史学家，他的专业背景为多敏的文学创作提供了灵感。

祈求
BITTE

我们被投入水中
任由大洪水冲刷①
我们浑身湿透
一直湿到心膜

渴望泪河
另一边的风景
这没有用
渴望留住盛放的春天
渴望毫发无伤的幸存
这也没有用

但我们可以祈求
太阳升起时，鸽子
衔来橄榄枝
祈求果实像鲜花般多彩，
祈求玫瑰花瓣落到地上
依然形成灼灼的花冠

---

① 大洪水，德语为 Sintflut，源自《圣经·创世记》的记载，上帝因为人类罪恶深重，决定用洪水淹没整个地球，只有诺亚和他的家人以及他们所携带的各种动植物得以在方舟上幸存。

祈求我们逃出大洪水，

逃出狮子窝和烈火炉

总是伤痕累累，总是更加坚强，

总是一再地

回到

自己身旁

（选自《我要你》，1970/1995）

左脑
LINKE KOPFHÄLFTE

在这个小小的半球上
我的灰发生长
我的词语安居
这里有个词语巢

我的手轻轻
捧下词语巢

有人说，右脑
空空荡荡，了无一言

它是未经使用的
词语的出口处
记忆的流放地

（选自《我要你》，1970/1995）

Linke Kopfhälfte

in dieser kleinen Halbkugel
auf der mein Haar grau wird
wohnen die Wörter
das Wörternest

Meine Hand
nimmt das Nest in die Hand

Die rechte, sagt man,
ist leer von Worten
Vielleicht können die Worte
dorten spazierengehen

ein Auslauf
für das unbenutzte
Vokabular
der Erinnerungen

阅读

穿过巨大的门扉

书走进我的体内

进门时，

它们支付了一点费用

又交出若干，给我的

隐形衣帽管理员

它们踏入

这间剧院

四下幽暗

我自己守在门口

对于我钟爱的书，我并不知道

它们会如何走出

如此循环往复

（选自《我要你》，1970/1995）

变老

（答克里斯塔·沃尔夫）[①]

ÄLTER WERDEN

Antwort an Christa Wolf

1.

对公正的

渴望

没有减少

希望在变少

对和平的

渴望

没有减少

希望在变少

对阳光的渴望

依旧

每天都有光

穿透

总是有光

---

① 克里斯塔·沃尔夫（Christa Wolf，1929—2011），德国当代著名女作家，民主德国时期最重要的作家之一，她的文学成就不仅在东德得到认可，在统一的德国乃至世界范围内也享有极高的声誉。她曾多次获得诺贝尔文学奖提名，并在 2002 年获得了德国图书奖。

只需一次飞行

就能确认

但是爱

可以让人死，也能让人重生

就像我们自己

就像我们

需要自我珍重

2.

治疗社恐症

"他人是上帝"

口袋里的镇静剂

3.

牵手语言

直至生命尽头

（选自《我要你》，1970/1995）

祖国
VATERLÄNDER

人类有许多祖国

依然失去祖国

失去故乡

每一次驱逐

就有一个新国家张开手臂

或多或少的手臂

海关的手臂

然后是人

总有一些

张开手臂的人

一种体操

在这个充满

手臂和脚的世纪

无序地使用我们的四肢

总有些什么

值得去爱

总有些什么

永远不在

所有这些国家都有边界

对着邻国

（选自《我要你》，1970/1995）

下下次战争
DER ÜBERNÄCHSTE KRIEG

我没有手臂

我的双手被钉在肩上

像一对翅膀

也许我应该成为一只鸟

但我并不飞翔

也许我应该成为一个人

但我并不杀戮

我无须将你们拥抱

你们这些屠夫

你们的手扔着石块

向来如此

只有弹弓变了模样

下下次战争

爱因斯坦说

会重新使用弓和箭

下下个冰箱

又会有个陶罐

装着雨水

在此之前

对于不合时宜者

也许还有月亮

充当万能集中营

（选自《我要你》，1970/1995）

突围

——致保罗·策兰，彼得·松迪，让·阿梅里，
他们不想再活下去①

AUSBRUCH VON HIER

Für Paul Celan, Peter Szondi, Jean Améry, die nicht weiterleben wollten

这根绳

以囚犯的方式

由床单编织而成

我哭泣过的床单

我把绳子绕到身上

一条潜水绳

绕住我的身体

我纵身一跃

潜入水中

远离白天

潜到地球的另一端

我浮出水面

在那里我想

更自由地呼吸

---

① 保罗·策兰（Paul Celan，1920—1970），出生于罗马尼亚的切尔诺维茨（今属乌克兰），是战后具有重大影响的犹太裔德语诗人，代表诗作《死亡赋格》和《花冠》。彼得·松迪（Peter Szondi，1929—1971），20世纪著名犹太文学批评家和哲学学者，出生于匈牙利布达佩斯，代表作《现代戏剧理论》。让·阿梅里（Jean Améry，1912—1978），本名汉斯·柴姆·梅尔（Hanns ChaimMayer），出生于奥地利的犹太裔哲学家、散文家和文学评论家，代表作《心灵的极限：幸存者对奥斯维辛及其现实的思考》。

在那里我想发明

一种新的字母表

每一个字母都有效

（选自《我要你》，1970/1995）

东海道快车①
——致我的出版人莫妮卡·舒勒

TOKAIDOEXPRESS

Für meine Verlegerin Monika Schoeller

我们穿过历史

像东海道快车

踪影渺茫。

我用过去时态讲述，

在呼吸的同时回望自己。

我是一盏尾灯，

我这盏尾灯

在你们前方亮起，

为你们这些

或许拥有双重家园的诗人，

为你们这些

可以驻足大地的诗人。

你们的国家将越来越大，

当地球的表面越缩越小，

边界退至

人们的翅膀下。

---

① 东海道（Tokaido）是日本历史上的一条主要道路，连接着东京（当时称为江户）和京都。在江户时代，这条路线对于官员、商人和旅行者来说至关重要，因为它贯穿了日本最繁华的地区。东海道快车（Tokaidoexpress），指东海道新干线（Tokaido Shinkansen），这是日本第一条高速铁路线，也是世界上最繁忙的高速铁路线之一。

你们可以前行，也可以留下
你们可以在文字中居住，
也许同时拥有好几个语言的居所，
但最重要的是德语，
我们曾紧紧地
依偎着德语
我是最后那一个，
为你们所有人而战，
为了护照上的印章，
为了我们德语的居所。

（选自《我要你》，1970/1995）

你在
ES GIBT DICH

你在
目光注视你的地方。
你诞生在
眼神相遇的地方

你被一声呼唤留住
总是同一个声音，
似乎所有人都只用
这个声音呼唤。

你似乎在坠落
但并没有落下
目光接住了你。

你在
因为眼睛需要你
眼睛看着你，并说
你在。

（选自《我要你》，1970/1995）

回答
——致 E.W.P.
ANTWORT

   Für E.W.P.

世界坐拥我们

从地板到屋顶

好多个世纪排列在书架

我问你，或者你问我

世纪竖起耳朵

像马戏团动物

一个示意，它们就跳起

乖乖地回答

所有活过的

和将要出生的

回答着你

你回答着我

它们在四周向我们点头

因为你在这里

你了解它们所有的秘密

活过的就没有一个是死者

只要你总是在我的身侧

（选自《我要你》，1970/1995）

第五辑

诗选 1987

Gesammelte Gedichte 1987

到门口了
IM TOR SCHON

到门口了
你抬起眼。
我们四目相交。

一朵大花升起
苍白而明亮
从我的心底。

（选自《希尔德·多敏诗选》[①],1987）

---

① 第五辑收入的十九首诗选自法兰克福菲舍尔出版社 1987 年出版的《希尔德·多敏诗选》（*GESAMMELTE GEDICHTE*），这本诗选是多敏的自选集，收录了她以往的大部分诗作，并有所修改和增补。

狩猎
JAGD

我，你的猎物。
你，我的猎手。
来吧，将我俘获
带上你的猎犬群
别留一只在家中。
来吧，让号角吹起
我们将见证
是何等野兽
踏出灌木丛。

（选自《希尔德·多敏诗选》，1987）

贝里公爵的时祷书[①]
七月—八月
STUNDENBUCH DES DUC DE BERRY
Juli—August

我的麦穗被割

我的犄角被锯

当你的鹰飞翔

只为逐猎酣畅。

我明亮的宫殿

白天依然可见

道道宫门敞开

尽显亲密姿态！

捕猎变得轻松

猎物情动于衷

它爱上了猎手

愿把死亡领受。

（选自《希尔德·多敏诗选》，1987）

[①] 贝里公爵（Ducde Berry，1340—1416）是法国瓦卢瓦王朝时期的贵族，以其对艺术的赞助和收藏而闻名，尤其是对中世纪手抄本的委托制作，包括著名的《贝里公爵的豪华时祷书》（Les Très Riches Heures du Duc de Berry）。贝里公爵对打猎的喜爱也反映在他的艺术赞助中，在他委托制作的许多手稿和艺术品中，可以看到描绘打猎场景的插图和细节。

卑微
Demut

卑微像一口井

人不停往下掉

坠入深不见底的井道

一切安慰都变得

越来越昂贵。

（选自《希尔德·多敏诗选》，1987）

灾难的日子
TAGE DER HEIMSUCHUNG

像逼迫一个孩子

跪在巨大的磨石上

在他的头顶放一块石头

使痛苦逼得更近

或把他吊在小屋横梁上

点燃玉米叶

烫灼他的小脚，

你这样残忍地惩罚我

当节日的餐桌

已经摆好。而我，

一个康复者，

伤疤的鳞片已脱落。

啊，我想走出门

躺在草地上

敞开血管

让大雨

像火车一样

从我身上驶过

让我变得如此苍白

像干涸的河床

像一朵银莲花

开在我母亲的墓旁。

（选自《希尔德·多敏诗选》，1987）

迷茫的夜
RATLOSER ABEND

我该如何拥你入怀
携你穿越重重波涛
如同圣克里斯托弗①
涌来的水流纷纷避逃？

我，无法举起
夜晚的沉重
当爱已在我胸口
毫不掩饰地闪耀
像茉莉发出的尖叫
将街上的行人惊扰。

（选自《希尔德·多敏诗选》，1987）

---

① 圣克里斯托弗（der heilige Christopher）是基督教的圣人，旅行者的守护神，他以肩
扛耶稣基督过河的故事而闻名。

陌生的坚硬手掌
HARTE FREMDE HÄNDE

倘若陌生的坚硬手掌
驶过我的身体
如同犁铧
割裂了你的根须。
我要用陌生的汗水
涂抹我的身体
像涂抹灼痛的药膏
让每一个毛孔都忘记
你的气息。
无名的毛发
铺陈于我的肌肤上
像松针掉落在林地,
别的嘴唇将亲吻
我为你哭泣的眼睛。

而我的灵魂将你寻觅
如此自然
像一只夜鸟飞过大海
失去了方向
再也不会
回归陆地。

（选自《希尔德·多敏诗选》，1987）

别怕
FÜRCHTE DICH NICHT

玫瑰说：
别怕
今天我的花瓣
十分牢固
风不会把我
从你眼前
吹落

树
呼吸着信任
叫我倚靠它。
它肯定未曾遭受
砍凿

树枝上的
鸟蛋
信守着承诺——
小小的白色平衡。
它栖息在风中
有双惊惧的眼睛
直到蛋黄里

长出羽翼，

雏鸟飞到枝上

开始歌唱。

（选自《希尔德·多敏诗选》，1987）

词语
WORTE

词语是成熟的石榴，
掉在地上
绽开。
内部一览无余，
果实曝露她的秘密
露出了种子，
一个新的秘密。

（选自《希尔德·多敏诗选》，1987）

危险的勺子
GEFÄHRLICHER LÖFFEL

你吃着记忆
用这把遗忘的勺子。

这是一把邪恶的勺子
它吃食物和食客，
最后你仅剩下
一只影子碗
在一只影子手中。

（选自《希尔德·多敏诗选》，1987）

监狱
GEFÄNGNIS

这门语言充斥着
你用过的词。
每一天
我使用你的词
仿佛我是一个囚徒
只拥有这个杯子
和那个盘子。

（选自《希尔德·多敏诗选》，1987）

孩童的交谈
KINDERGESPRÄCH

我喜欢和你
谈谈今天
仿佛我们已老
仿佛岁月长逝
从我们谈论之日起。
从此刻起。

我们像躺在幽暗中
相距茫茫
只剩下两个声音
像孩童入睡前
喃喃自语
或唱起一首歌。

我们微笑着说话
轻轻地呼吸，
有时也陷入沉默
我们说起房间
黝黑的岸
说着今日与往后之间的光阴。

当灯光亮起，"此刻"重归

已是斗转星移

它不再疼痛，

遥远而隐秘，像一桩童年往事：

没有人能将它从我们身边夺走

——我们也并未将它占有。

（选自《希尔德·多敏诗选》，1987）

钥匙
HAUSSCHLÜSSEL

我们紧紧握住
这些钥匙，
带着它们旅行，
我们这群被驱逐者
我们也带着钥匙。

心，你旧日的
居所，窗户
灯火通明
里面的面孔
多么陌生

只有在梦中
才能进入心居
用这些钥匙
清醒时它们
在你手中
如此沉重

（选自《希尔德·多敏诗选》，1987）

晚夏
SPÄTSOMMER

你在读报
我望向草，
点点新绿
藏于枯黄。

当你很爱
头发会重新变黑。
当你很爱
头发会变白。

（选自《希尔德·多敏诗选》，1987）

唯有固执的人
NUR DER EIGENSINNIGE

正在枯萎的郁金香，它的红

无可替代，

这一年的它

无可替代。

我为我的悲伤命名，

总有新的花朵，

其他的花朵，

没有谁必须孤独，

当草地鲜花盛放

当街上人来人往。

偏偏这个微笑，而不是那个？

微笑都似曾相识，

粉红，洁白，

温柔之肌

在脸上绽放。

自取其苦的做法

比如转动

心间的刺，

当多刺的玫瑰盛放

当街上已人来人往。

唯有固执的人
需要孤独。

（选自《希尔德·多敏诗选》，1987）

镜中
SPIEGELGEDICHTE

1.

身份
IDENTITÄT

谁不愿
在今天的镜中
照见昨日的脸庞。
易逝的事物多么恒久，
你会再次认出
一顶帽子或一块手表，
你必定是戴这顶帽子的人，
的确，你就是那个人。
你再次找到了自己
在一顶巴斯克帽①的
颜色里。

2.

不系之身
NICHT ANGESEILT

对你而言，时辰只是

---

① 巴斯克帽，也被称为贝雷帽，是一种由羊毛、毛毡或棉麻制成的圆顶软质帽子，起源于法国的贝亚恩地区，而非西班牙的巴斯克地区。这种帽子因其舒适、实用和休闲的风格而广受欢迎，不仅在巴斯克地区，也在世界各地长久流行。

带扶手的台阶，
你不会遭遇什么，
你像所有人一样
被一个目标牵引
不会停下脚步。

只有我
把时辰
带到我的镜前，
面对一张陌生的脸
恐惧使我
扭过头去。

3.
勇敢
TAPFERKEIT

酒店楼梯的镜中
是我们变换的影像。
保持勇敢的姿态，
裙摆自信地摆动
挺直腰板。
"病痛"，

有人提醒病人

"会有所缓解，

如果你打扮得体。"

（选自《希尔德·多敏诗选》，1987）

上岸

LANDEN DÜRFEN

我命名自己
我用一个岛屿的名字①
称呼自己

它是一个星期日的
梦幻岛。
哥伦布发现了它
在一个圣诞节的星期日。

它的海岸
允许停靠
我们可以踏入它的领地
那里的夜莺会在圣诞节歌唱

后来，当我踏上欧洲大陆
有人对我说，就用您的岛屿
作为您的名字。

（选自《希尔德·多敏诗选》，1987）

---

① 1951 年，多敏的母亲在欧洲去世。母亲的死对多敏是一个很大的打击，她第一次想
用写诗来自我拯救。她的笔名多敏（Domin）是多米尼加共和国首都圣多明各（Santo
Domingo）的名字的一部分，以此来纪念这个收留她的岛国。在德国出版人的建议下，
诗人后来就一直用 Domin 作为自己的名字。

离开西班牙①

ABFAHRT AUS SPANIEN

我爱这片光秃的土地
我不想带走什么

除了这段时日
为了和它
单独相处。

我想看一朵云
或者看黄昏
渐渐苍凉。

怀着永恒的渴望
和今日的
恐惧。

（选自《希尔德·多敏诗选》，1987）

---

① 希尔德·多敏和她的丈夫欧文·瓦尔特·帕姆在 1936 年逃至西班牙。由于西班牙内战爆发以及随后到来的第二次世界大战，他们在 1939 年被迫离开西班牙。

威胁
BEDROHUNG

一串杂乱的日子
在我门前排队
统统是我的债主
依我所见
每一位都想索取
每一位都带着清单
今天就已在
索求明天

我锁上门，独自
与这一天
与这一小时
与这短暂的
永恒的一分钟相守。
到期的墙壁
和黄色窗帘
拥抱到痉挛。

但愿我只待在
这一分钟
这个被舀干的

可耻的一分钟
它几乎不拥有自己

外面的日子
大声说着
它们的诉求

想从我这里掠夺
一件接着一件交易
却承诺不了任何东西。

（选自《希尔德·多敏诗选》，1987）

第六辑

树依然会开花

DER BAUM BLÜHT TROTZDEM

亲爱的，我们已经远行[①]

—— 致 E.W.P.

MEIN HERZE WIR SIND VERREIST

Für E.W. P.

亲爱的

我们已经远行

去往世界不同的地方

欧律狄克[②]

我的手

触碰你的肩膀

我用你的笔写作

我想穿过海边

这些巨大的漏斗

进入你的王国

在你走动、睡眠

或站立的地方

在你已然洞悉

抑或遗忘一切的地方

---

① 第六辑收录二十一首诗歌，其中十五首选自多敏最后一部诗集《树依然会开花》（*DER BAUM BLÜHT TROTZDEM*，法兰克福菲舍尔出版社 1999 年出版），最后六首为生前未发表的遗作。

② 欧律狄克（Eurydike）是希腊神话中的人物，俄耳甫斯（Orpheus）的妻子，她在新婚不久后被毒蛇咬伤而死，俄耳甫斯希望用他的音乐天赋说服冥王哈德斯（Hades）和冥后珀耳塞福涅（Persephone）让她复活。他的音乐打动了冥界的主宰，但是在他领着妻子回人间之前，被要求不能回头看她。然而，俄耳甫斯在最后时刻忍不住回头，导致欧律狄克永远留在了冥界。

我，你快捷

而迟缓的同伴

我跟在你的身后

"再慢一点，"你总是这么说，

"要慢慢走。"

于是我坐在此地

高悬于海洋的上空

在黛青的苍茫里

把你的笔握在手中

（选自《树依然会开花》，1999）

树依然会开花
DER BAUM BLÜHT TROTZDEM

树依然会开花
临刑前的树
也总是开出花朵

樱花和蝴蝶
也会被风儿
送上
被判决者的
床铺

他们继续走
持花者
没有回头
闪亮的队伍

有人对你说出一个词
或者你相信，是他一边走
一边说

因为此时万物静默。

（选自《树依然会开花》，1999）

爱情
DIE LIEBE

爱情

坐在阳光下

围墙上，伸着懒腰

每个人都能看见它

没人叫它来

也没人能赶走它

就算被它骚扰

它来时，来自哪里？

能看见一只猫走来

或看见一首诗写到纸上

而黑脚丫的梦

不会自我暴露

爱坐过的墙头

空了

爱走了，走去了哪里

即使死亡，即使眼泪

也会留下痕迹。

（选自《树依然会开花》，1999）

指责
VORWURF

沉默：石头
挂在词的脖颈
我那尚有呼吸的词
溺死在
井中

（选自《树依然会开花》，1999）

在永远与永远之间
ZWISCHEN IMMER UND IMMER

在心房闪亮
而柔软的平面上
寂静在伸展——
在永远与永远之间
在清晨与黄昏之间
从一片海湾伸至另一片海湾

白帆的船，
在你牛奶般的蓝波中
未留下一丝划痕。
海鸥以更迅捷的白
画出巨大的弧线
夺走你的呼吸
了无踪迹

然而，漫游的光芒
永不停歇
巨大而缓慢的手
无情地轻抚
你那颗不朽的心
在心岸的表盘上

把时辰纷纷推落

阴影与黄金铸成的食指，
指引鸟儿沉入夜晚
宽阔的棕榈篮，
它也轻轻抹去
这一天的礼物
从柔软的含羞草
倏忽而逝的花朵里

（选自《树依然会开花》，1999）

一个蔚蓝的日子
EINBLAUER TAG

一个蔚蓝的日子

这样的天气

不会有坏事上门

在一个蔚蓝的日子宣战

花朵说："不要"

鸟儿唱："不要"

有个国王在哭泣

没有人相信

蔚蓝的日子

也会有战争

蔚蓝的日子也会死人

什么天气都会

你也会在蔚蓝的日子离去

你如果离开

就不必心软

你也不会被赦免

蔚蓝的日子

也不会收回任何决定

没人会相信：

蔚蓝的日子里

心也会破碎。

（选自《树依然会开花》，1999）

云雀的翅膀

DIE FLÜGEL DER LERCHEN

云雀的翅膀
困在笼中，如哑似盲
如同针对我们的指控

我们的玫瑰
在雨中
淋成了黑色
我们的葡萄酒
在压榨机里
变成酸涩的醋
我们的节日庆典
沦为一场场考验

从金色的角杯
爬出蛆虫
毒雾弥漫，遮蔽了
城市的天空
而所谓勇气，就是
与恐惧相拥。

（选自《树依然会开花》，1999）

降落伞
FALLSCHIRM

泪珠浸泡的诗篇

源自孤独的深渊

你是深渊上的网

白色降落伞

在空中骤然绽放

天使有翅膀

在天使的下方

大地牢固，从不抽离

天使从不曾收到

令它困惑的消息

（选自《树依然会开花》，1999）

Der sorgfältiger der sorgfältiger streichelt ob
ein Vögel von Worte   weit sind Vögel
                                    _____
nit ihr
dann fegen

下行之旅
TALFAHRT

永恒的牧羊人
牲畜们困于密集的栅栏
永恒的牧场
树木已披上金色的死亡

你们机械化的
终结
悬于钢铁动物之上

我们
机械化的
生命

而你，自远方伸出
手掌，轻抚着山峦
翠绿的肌肤。

（选自《树依然会开花》，1999）

云朵
WOLKE

闪亮的一朵云
阳光与水做成
巨大的白云
向着黑暗
飘浮

我们倏忽易逝
当每一场风来临
留下蜗牛壳
而我们烟消云散
像你

我们的声音坚硬
充满了抗拒
当白天落幕
当你如此温柔地
弃绝了
光明

（选自《树依然会开花》，1999）

我们细长的影子
UNSERE LANGEN SCHATTEN

星光下

是我们细长的身影

和大地上的葡萄藤

我们的道路

紧贴死亡伸展

哦，亲爱的，想想吧

生命如寄

我们的感觉和我们自身

稍纵即逝

你今天节省的那部分我

以及没有给足的那部分

明天也许就成为

悲伤和多余

就像孩子

落葬后的

布娃娃

只有抵达

最外一层心膜的时辰

还在

嘀嗒作响

（选自《树依然会开花》，1999）

过劳的电脑
STRAPAZIERTER COMPUTER

记忆

膝盖已发软

一只美洲驼拒绝驮起

超过一百磅的重量

这种安第斯山的老实动物

长着一张孩童脸

我们的大脑停止运转

我们的心

不再重要

这节红色电池

随时被换掉

为了我们灰色的

新闻

存储器。

（选自《树依然会开花》，1999）

另一种降生
ANDERE GEBURT

母亲你的死亡
是我们的第二次降生
比第一次
更加赤裸，无助。

因为你已不在
不会再抱起我们
并安慰我们
不必害怕自己。

（选自《树依然会开花》，1999）

因为丢失是如此容易
WEIL VERLIEREN SO LEICHT IST

那枚浅蓝宝石戒指

曾许诺你一个梦

睡梦中

你松开了手

于是你丢失了戒指

有只蜗牛穿过它

雨中赤裸的蜗牛

将戒指拖入黏湿的地洞

是那枚宝石戒指吗

在你睡觉时

掉进了你的井中？

你在睡梦中松开了手

于是你丢失了戒指

就像你丢失了所有

——就像我们个个都失去所有——

每天都在丢失，

一边拥有一边丢

因为丢失是如此容易

只有丧失之后

才变得艰难

这艰难

迫使我们守护所爱

做我们自己有多艰难

但若没有勇气

用一只手握住另一只手

若没有勇气

全然居于此在

我们将一天比一天

变得贫穷

（选自《树依然会开花》，1999）

糟糕的同盟
SCHLIMMES BÜNDNIS

我们与时间结盟
时间是所有欢愉的
饕餮者
"这里有你的，拿去吧"
于是它拿走。

它高大
因为始终在获取

它高大
因为始终在舍弃。
它赐予我们的
泪水
从不会变细。

（选自《树依然会开花》，1999）

法兰西织毯
FRANZÖSISCHER GOBELIN

没有一座桥通向你的小岛，

没有桥，没有门，

没有门，没有钥匙。

没有船夫，没有小船

荡漾在水面上。

你的小岛像繁花盛开的织毯，

动物在花间追逐嬉闹，

白兔，猴子，金色的鸟，

一头白色独角兽和一面镜子，

还有一位在泉边做梦的女子。

世界遣来一个又一个使者，

佩勋章的男士和巧言的女子，

你与众人在此岸欢声笑语，

唯独泉边女子沉默不语，水声更欢畅，

岛上花开得也更鲜亮。

动物与花朵，我谙熟如梦

你是那头独角兽吗？我是那个守护清泉的女子吗？

你从未给我一把钥匙，或一张通行证。

我们曾经如何抵达你那座

孤独的小岛？

（选自诗歌遗作）

弃绝

ABSAGE

我的军队
已从无人区
全部撤退。
敌人不见踪影
我的士兵在挨饿
在占领的草原上
在盛夏时节

自从号手死去
归乡变得何等沉默。
别走到大街上
别把他们张望。

（选自诗歌遗作）

有时
MANCHMAL

有时
在深夜
当你离去
我依偎着自己
像蜷缩于柔软的毛皮，
如此安心
好像我是你的孩子
或者一只无助的
小兽，出生在
你的手心。

（选自诗歌遗作）

温柔的危险
SANFTE GEFAHR

危险，如同林中小鹿，悄然步出，
在晨雾轻笼树梢，
或夜幕低垂时分——
如此温柔，如此隐秘。

温柔的危险，不会被头条捕捉，
不像空难事故，
不像原子弹爆炸，
不像那些从外部摧毁你的灾难。

它不像你可以逃离的恐惧，
只需一点机智，
便可逃到遥远的岛屿，
逃至世界的尽头。

这危险，轻轻地靠近，
你抚摸它，给它糖果
你感受它的舌尖，
轻掠过你的掌心。

这危险

喜欢你的处所。
它在你的心房，
筑起一张小床。

一张柔软的小床，
安卧在心的角落。
你无法拒绝它的到访。
它太过谦卑，太过柔弱。

但它在成长，渴望更多空间，
它不再请求你的许可，
它筑起更大的床铺，不断扩张，
直至填满你整个心房。

当它梦中辗转，你会惊醒，
当它自在呼吸，你会窒息。
当它做了美梦，你会微笑。
当它做了噩梦，你会哭泣。

当你再也无法承受，
试图将它推开，
它已长大，也在寻求离去，
（它的存在使这里显得拥挤）

就在这时，它炸裂了心壁

——而你将死于它

温柔的离别。

（选自诗歌遗作）

我忘记了"拥有"

ICH HABE DAS HABEN VERLERNT

我忘记了"拥有"这项本领，
仿佛丢失了双手
不再把握。

能轻抚的双手
再也抓不住
递给我的东西。

（选自诗歌遗作）

只是生命放弃了它的居所①

NUR DAS LEBEN HATTE SEINEN WOHNSITZ VERLOREN

只是生命

而不是精神

放弃了它的居所

紧闭的眼睑

让你的眼睛对于你的美

突然不再必要

你美好的双眼

深深闭锁

无须为你合上眼睑

因为你总是闭着眼

将我亲吻

就像从前。

当你躺在棺木中

黑色的星星闪烁

在你苍白的脸庞

分离的时刻已来到

而我依然将你亲吻。

我把罗马勋章挂在你的颈上

---

① 这首诗写于多敏的丈夫去世后一年。标题为译者所加。

我把我的诗歌
放在你的脚边
把玫瑰花瓣撒落在你身上
我的照片，你最喜欢的那张
我几天后才找到。

你的舌头在我的嘴里
突然静止
你的双眼
再也不会睁开。

（选自诗歌遗作，1989 年 5 月）